KB160097

빛나는 순간을
담아 놓은
사랑의 선물

곽광택 지음

빛나는 순간을
담아 놓은
사랑의 선물

곽광택 지음

나래북

우리의 행복이라는 것도 내일이면 비바람 속에 시련을 받을지 알 수 없는 일이다. 그 행복은 누가 공짜로 가져다주는 것이 아니다. 성실한 노력과 사랑은 행복의 문에 들어서는 의무라고 할 수 있다.

무엇이 사랑이 만드는가?

　사랑의 기쁨은 순간밖에 지속하지 않고 사랑의 고통은 평생 계속된다. 사랑과 웃음이 없으면 즐거움도 없다. 사랑과 웃음 속에서 살자. 사랑의 고통은 다른 모든 쾌락보다 훨씬 감미로울 수 있다. 사랑 속에서는 괴로움과 즐거움이 언제나 싸우고 있다. 진실한 사랑의 과정은 절대로 평탄하지 않다. 곧게 자란 나무는 좋은 열매를 맺지는 못하듯이.

　사랑은 누구에게서나 똑같다. 사랑은 부드러운 눈길로 유인되며 사랑하는 자의 마음은 다른 사람의 몸속에 거처한다. 사랑이 병들면 우리가 살 수 있는 최선의 것은 사랑을 극단적인 죽음으로 몰아넣는 것이다. 지난날의 근심 걱정은 잊어버리고 오늘을 살아가라. 지금이 아닌 훗날에는 모든 지나간 잘못과 어리석은 행동이 잊힐 것이다. 보지 않으면 잊혀진다는 것은 친구뿐만이 아니라 원수에게도 해당하는 속담인 듯하다. 기억은 모든 것의 보고이며 보호자이다. 자주 보이지 않으면 기억에서 작아지고 기억에서 작아지면 고통도 작아진다. 하루에 두 번의 새벽이 올 수 없고 청춘은 거듭 오지 않는 것처럼 인간은 한 번밖에 살아갈 수 없다. 어차피 한 번밖에 살아갈 수 없는 인생일진대 우리는 주어진 삶을 충실히 살아야 하겠다. 한 번뿐인 인생을 후회 없이 살아가기 위해서는 젊은 날에 뚜렷이 인생의 목표를 정하고 그곳을 향하여 매진해야한다. 그렇지 않으면 평생을 방황하다가 아무것도 이루지 못한 채 허망하게 인생을 마치게 된다.

인생은 거듭해서 살 수 없는 것이기에 날마다 최선을 다하는 생활을 해나가야 한다. 인류의 역사에 이름을 남긴 사람들의 삶은 모두 피나는 노력의 결과였던 것이다. 그리고 여러분의 인생은 여러분 자신이 책임을 지고 살아갈 수밖에 없다는 것을 명심하기 바란다.

사랑이란 것은 만인의 가슴속에 흐르는 바다의 조수와 같은 것이기에 모든 사람들은 저마다 그것을 자기의 것이라고 부른다.

행복의 한 쪽 문이 닫히면 다른 쪽 문이 열린다. 그러나 흔히 우리는 닫혀진 문을 오랫동안 보기 때문에 우리를 위해 열려 있는 문을 보지 못한다.

사람은 누구나 사람을 만나는 운이 중요하다. 운이 좋고 나쁜 것은 다 사람에 달린 것이다. 운은 사람이 만들고 사람에게서 온다. 귀인도 자기가 발견하고 자기 자신이 만드는 것이다.

내가 성공할 수 있었던 지혜와 성품은 모두 어려서 어머니에게서 배운 것이다. 먼저 믿고 맡기고 청하면 도와주고, 잘 하면 칭찬하는 방식을 사용하자.

오늘의 세계는 지배하는 손이 아니라 사랑하는 손을 필요로 한다. 네 손을 항상 그 사랑을 필요로 하는 사람들 속에 있도록 하라.

-곽광택

누구나 꿈이 있고 꿈을 이루겠다는
결의만 있으면 가능하다.
절망이 희망으로, 아픔이 기쁨으로,
핸디캡이 긍지가 되고 자랑이 될 수 있다.

차례

1장

>>> 사랑 <<<

사랑은 열정을 간직한 마음이다. 인생에 그 어떤 열정이 없다면 사랑도 없다. 사랑은 의심과 동거할 수 없는 것이다. 사랑은 오직 믿음과 헌신으로 결실을 맺을 수 있다.

꿈을 꾸어 본 사람이 꿈을 꾼다

나는 단 한가지 책임만 아는데, 그것은 사랑하는 것이다.

−A.카뮈

사랑은 항상 창조한다. 결코 파괴하지 않는다. 사랑은 인간이 가지는 유일한 희망이다. 사람은 자기를 창조할 때 가장 행복하다. 사랑은 물건이 아니기에 다른 이에게 준다고 해서 없어지는 것이 아니다. 사랑은 여러 사람에게 나눠 주고도 자기 것으로 고스란히 남아 있는 신비스러운 것이다. 출발하지 못하는 사람은 가장 가엾은 인물이다. 항상 출발하는 사람만이 모든 것을 이룬다.

당신 자신을 알게 되는 정도만큼 다른 사람을 알 수 있다. 그리고 당신 자신을 사랑하는 수준만큼 다른 사람을 사랑할 수 있다.

사랑은 책임이다. 그리고 사랑은 의무이다. 사랑의 의무와 책임을 지는 것은 성장과 신비의 기쁨에 처하는 것이다. 그러므로 사랑은 상호 교신이다.

마음속에만 존재하는 것

목표를 이루겠다는 각오가 얼마나 단단하고 절박한지 보기 위해 우주는 우리를 시험

한다. 조금만, 아주 조금만 더 참고 견디면 된다!

－앤드류 매튜스

사랑은 애원해서 얻을 수도, 사들일 수도, 선물로써 받을 수도, 길가에서 주울 수도 없다. 또한 사랑은 남에게서 뺏을 수도 없는 것이며 한순간을 위해서 자신을 내던질 수 있는 것, 그것이 바로 사랑이다.

지혜로운 사람

타이밍, 인내, 10년간의 노력이 자신을 갑작스런 성공으로 보이게 한다.

-비즈 스톤

지혜로운 사람은 물을 좋아하고 어진 사람은 산을 좋아하며, 지혜로운 사람은 움직이고 어진 사람은 고요하며, 지혜로운 사람은 즐기고 어진 사람은 오래 산다.

어려운 일은 남에게 의지하지 않고 내가 먼저 하며 그로 말미암아 얻어지는 소득은 내가 먼저 차지하려고 하지 않는다면 참으로 사람다운 사람이다.

이익을 따지는 데 민감한 사람들을 의로운 사람으로 만들고, 귀신을 멀리하고 거기에 지배되지 않는다면, 참으로 지혜로운 사람이라 할 수 있다. 말을 교묘하게 하고 얼굴빛을 곱게 꾸미는 사람은 어진 마음이 드물다.

참으로 어진 사람은 논설을 잘하는 사람이 아니라 남을 나처럼 아끼고 사랑하는 마음이 속에 충만하여 밖으로 스며 나오는 사람이다.

사랑은 바로 지금

사랑이란 돌처럼 한 번 놓인 자리에 그냥 있는 게 아니다.

그것은 **빵**처럼 항상 다시, 또 새로 구워져야 한다.

-U.K. 르 귄

사랑은 배워야 하는 것이고, 변화를 믿는 것이다. 사랑을
하려면 무엇보다도 먼저 변화를 믿어야 한다. 사랑을 하
는 동안 당신이 놓여 있는 자리가 마음에 들지 않으면 그
자리를 바꿀 수가 있다. 사랑은 주는 것이라고도 한다. 그
러나 일방적으로 주기만 하는 것은 사랑이 아니다. 사랑
은 같이 나누는 것이다.

사랑은 우리들의 행동과 인격을 결정하고, 인체의 생리
순환을 변화시킨다. 역사적 사건의 흐름도, 사회와 문화
의 내용까지도 바꾼다. 사랑하는 사람은 책임감이 강해야
한다. 자연스러워져야 한다. 사람들의 얼굴을 보라. 사람
마다 제각기 아름다운 데가 있다. 꽃을 보라. 한가지의 꽃
들도 제각기 다르다. 자연은 똑같음을 싫어한다. 지나간
시간은 역시 없는 것이다. 뒤를 돌아다보라. 거기 남아 있
는 과거는 아무것도 없다. 과거는 다만 당신의 오늘을 결
정하고 영향을 미친 부분에서만 가치가 있다. 그러니 과
거에 살지 말라. 오늘을 살라. 지금 여가의 시간을 잡으라.

영원한 종착점

사랑은 마음의 즐거운 특권이다. 사랑은 모든 살아 있는 것의 이유이다.

-P.J.베일리

우리들은 서로 협력해야 할 뿐 아니라, 또한 인생의 역사와도 협력해야 한다. 꿈 많은 미래를 상상하면서도 피할 길이 없는 현실에 몸을 맡길 때 비로소 협력의 기술을 습득하게 된다.

의사 전달은 사회를 통합하는 힘이다. 어떤 경우 친구나 친지에게 가슴을 터놓고 이야기하지 않으면 안 될 때가 있는데, 언제나 부드러운 자세로 손님을 마중하듯 기쁨으로 맞아들여야 한다.

자기를 실현하는 사람이란 자기 완성의 날이 올 것을 믿으면서 자기의 가능성의 원천에서 힘을 끌어내는 사람이다. 자기의 능력을 언제라도 전적으로 구사할 수 있는 인간은 없다. 또한 자기 실현에는 끝이 없다. 영원한 종착점을 목표로 하면서도 언제나 도착할 수가 없는 것이다. 사람은 모두 서로의 친절과 배려와 사랑을 필요로 하고 있다. 참된 사랑은 오로지 상대를 위해 사랑한다.

약점을 인정하라

지식은 배움으로, 신뢰는 의심으로, 기술은 실습으로,

사랑은 사랑으로 얻는다.

-T.스자츠

자신의 약점을 인정하라. 강자는 자신의 약점을 용감하게
인정하기 때문에 변화의 가능성을 지닌 사람이다. 옳지
못한 것을 보면 따뜻하게 지적할 줄 아는 사람이 외롭다
는 것을 알고 충고를 고맙게 받아 들이자.

자신의 부모를 섬길 줄 모르는 자는 친구로 삼지 마라. 왜
냐하면 그는 인간으로서의 첫 걸음을 벗어났기 때문이다.
나쁜 벗과 사귀지 마라. 저속한 무리들과도 어울리지 마
라. 착한 벗과 기꺼이 사귀고 지혜로운 이를 가까이 섬겨
라. 지혜로운 사람은 비난에도 칭찬에도 흔들리지 않고
자기 자신을 다룬다.

나를 아끼는 것처럼 상대를 존중하라

사랑이란 자기희생이다. 이것은 우연에 의존하지 않는 유일한 행복이다.

—톨스토이

그 사람의 하고 있는 바를 보며, 그로 말미암은 바를 살피고, 편안히 여기는 바를 살핀다면 그 사람은 숨길 것이 없을 것이다. 아는 것을 안다고 하고 모르는 것을 모른다고 하는 것이 참으로 아는 것이다.

악을 미워하고 악에 대항하는 싸움을 실천에 옮기는 것이 의로움을 실천하는 것이다.

악한 일을 하지 말고 선한 일을 널리 행해 마음을 깨끗이 하라. 남을 헐뜯지 말고 상처 입히지 말며 계율을 지키고 음식을 절제하며 홀로 한가히 앉아 사색에 전념하라.

많은 사람들에게 미움을 받는 사람일지라도 반드시 그를 살펴보아야 하며, 많은 사람들에게 사랑을 받는 사람일지라도 반드시 그를 살펴보아야 한다.

남을 나처럼 아끼고 사랑하는 순수한 마음에 매력을 느껴서 친해진 경우만이 오래 지속될 수 있고, 오래도록 받들어 모실 수 있다. 남을 사랑하는 마음은 순수한 마음이다.

좋은 생각은 좋은 열매를 맺는다

사랑한다는 것은 자기를 초월하는 것이다.

-O.F. 와일드

밤낮없이 당신을 지켜보고 있는 작은 눈이 있다. 당신이 하는 모든 일을 열심히 해 줄 작은 손이 있다. 당신은 신의 피조물이며, 당신의 생각을 고양시킴으로 해서 그 어떤 꿈도 이루어 낼 힘이 당신에게 있다는 것을 항상 명심하라. 좋은 생각은 좋은 열매를 낳고, 나쁜 생각은 나쁜 열매를 낳는다. 모든 것은 생각으로부터 나온다. 마음이 곧 모든 것이다. 생각 한 대로 되리라. 적극적인 사고는 당신에게 도움을 주지만, 소극적인 사고는 방해를 한다. 그리고 언제나 행동으로써 자신을 증명해야 한다.

오늘이 바로 당신의 최후의 날인 것처럼 살아가자. 어제의 패배는 잊어버리고, 내일의 문제는 무시하라. 오늘만이 당신이 가진 모든 것이다.

삶은 투쟁

너의 적을 사랑하라. 그들은 너의 결점을 말해 주기 때문이다.

-벤자민 프랭클린

우리의 삶은 투쟁이다. 선과 악의 투쟁, 진리와 오류의 투쟁, 자유와 구속의 투쟁, 사랑과 증오의 투쟁. 그러나 우리 마음속에 선함이 실현된 것이라고 믿어야 한다. 믿음만이 선을 실현할 최고의 조건인 것이다.

착하고 올바르게 살아 간다면 죽음을 두려워할 이유가 없다. 착하고 올바른 행위를 하는 것처럼 기쁜 일은 세상에 없다. 이름을 널리 알리려면 자화 자찬하지 마라.

과거의 실수를 곱씹지 말고 오지도 않은 미래를 걱정하지 마라. 쓸데없는 걱정을 그만두면 만사가 얼마나 수월하게 잘 풀리는지 아마 놀랄 것이다.

미워하는 사람까지 사랑한다면 이 세상에 적은 없다. 이웃을 사랑하는 자는 완전한 사람이다. 필요로 하는 지식을 신중하고도 꼼꼼하게 헤아려야만 한다.

자신을 이기는 사람이 강한 사람

사랑의 힘은 사랑을 몸소 경험해 볼 때가 아니면 알 수 없다.

—아베 프레보

상대방 입장에 서기 전에는 절대로 욕하거나 책망하지 마라. 자신에 대해서는 더더욱 용서하지 마라.

삶이 고단하고 힘들다고 죽으려고 하지 마라. 목숨이 끊어지는 그 순간까지 정직하라. 진리는 결코 변하지 않는다. 우리가 할 일과, 하지 말아야 할 일, 하던 일 가운데서도 그쳐야만 할 일을 보여준다.

서로서로 도와주어야 한다. 사랑과 존경심과 감사하는 마음으로 되돌려 주어야 한다. 진정한 사랑은 말에 있지 않고 행동에 있으며 그런 사랑만이 우리에게 진정한 지혜를 준다. 자신과의 싸움에서 이기는 것이 값지다.

욕심과 나태, 분노 그리고 여색을 밝히는 것을 극복하도록 노력하라. 자신을 이기는 사람이 진정 강한 사람이다.

미워하는 것이 에너지를 더 많이 쓴다

사랑의 고뇌처럼 달콤한 것은 없고, 사랑의 슬픔처럼 즐거운 것은 없으며, 사랑의 괴
로움처럼 기쁜 것은 없고, 사랑으로 죽는 것만큼 행복한 일은 없다.

－모리쓰 아른트

인간은 완전하지 않기 때문에 사랑이 필요하다. 사랑은
자유로운 선택이다. 그것이 비록 육신의 고난과 인생의
깊은 좌절을 가져오게 할지라도……
사랑은 고귀하다. 사랑이 고귀한 것은 그것이 가져올 결
과에 대해 두려워하지 않기 때문이다. 어떤 고통도 심지
어 죽음까지도 기꺼이 받아들이는 것이다.
사랑은 열정을 간직한 마음이다. 인생에 그 어떤 열정이
없다면 사랑도 없다. 사랑은 의심과 동거할 수 없는 것이
다. 사랑은 오직 믿음과 헌신으로 결실을 맺을 수 있다. 사
랑하는 것보다 미워하는 것이 훨씬 더 많은 에너지를 필
요로 한다. 만약 우리가 누군가를 용서할 수 없다면 그 미
움을 유지하기 위해 많은 시간과 에너지를 낭비해야 한
다. 따라서 그 시간과 에너지를 사랑에 쏟을 수 있다면 훨
씬 더 많은 발전을 이룰 수 있다.

자신의 인생을 스스로 지배할 수 없다면 당신은
희생자이다. 어느 누구도 자유라는 것을 당신에
게 가져다 주지는 않는다.

소망이 있으면 무너지지 않는다

사랑은 무엇보다도 자신을 위한 선물이다.

－장 아누이

아무리 어두운 상황에서도 희망은 있고 아주 희망적인 상황에서도 고난은 따른다. 어떤 어려운 문제라도 해결방법은 있다. 세상에서 가장 소중한 것, 그것은 자기 자신이다. 모든 문제는 결국 자기 자신에게 있다. 자기 자신이 자신을 가치를 높이 매겨야 한다. 자기 존중은 큰일을 하는 사람들의 특징이다. 자신에 대한 큰 기대감, 이것은 운명을 변화시키는 힘이 된다.

꽃에 향기만 있으면 벌과 나비가 날아오는 것처럼 믿음 안에서 큰 기대와 소망만 있으면 결코 자신은 무너지지 않는다. 기대가 없는 인생, 아무 기대가 없는 생활이 오히려 비극이다. 그러므로 오늘도 큰 기대감을 갖고 열심히 살도록 노력하자.

베풂 그리고 꽃씨

사랑하는 사람을 위해 고통을 함께 나눌 수 있는 기회가 찾아온다면,

그것은 가장 커다란 축복이라고 할 수 있다.

－그라시안

사랑은 갈구하고 욕망을 채우는 데서 오는 것이 아니라 내게 있는 작은 것이라도 베풂으로써 더 큰 사랑이 채워지는 이상한 공식이 성립된다. 사랑은 나누지 못할 때 빛과 향기를 잃은 채 시들어 사라진다. 아무리 작은 것이라도 그것이 나누어지고 또 나누어지는 한 그것은 생명을 지니고 꽃씨처럼 퍼져간다.

지금 여러분의 작은 마음 씀씀이를 바라는 그 사람은 여러분 앞에서 웃고 있으면서도 골똘히 죽음을 생각하는 친구일 수도 있고 옆집 사람일 수도 있고 매일 우리 집 골목을 지나는 청소부 아저씨 아니면 아침 일찍부터 차가운 공원 벤치에서 햇살을 기다리는 할머니일 수도 있다. 그들에게 다가가 작은 사랑이라도 전한다면 우리 모두에게 따뜻한 삶이 될 것이다.

고통을 이기려면

세상은 고통으로 가득하지만, 그것을 극복하는 사람들로도 가득하다.

―헬렌 켈러

우리가 산다는 것, 그것은 가장 쉬운 일이면서도 또 가장 어려운 일이다. 우리 인간은 주어진 삶을 어떻게 사느냐 하는 것이 문제이다. 고통이 당신을 괴롭히는 것은 단지 당신이 그것을 겁내기 때문이다. 고통이 당신을 괴롭히는 것은 그것을 비난하기 때문이다. 고통이 당신을 쫓아다니는 것은 그것으로부터 도망치려 하기 때문이다.

당신은 고통으로부터 달아나면 안 된다. 비난하면 안 된다. 겁내서도 안 된다. 당신은 그것을 사랑해야 한다. 고통을 사랑하라. 고통을 거역하지 말라. 고통으로부터 도피하지 말라. 그리하여 그 고통의 깊은 곳이 얼마나 감미로운 것인가를 맛보아라.

나를 지배하라

다른 사람으로부터 사랑받지 못하는 사람은, 다른 사람을 사랑하지 않는다.

—라파데르

항상 출발하는 사람만이 모든 것을 이룬다. 당신은 당신 자신을 아는 정도만큼 다른 사람을 알 수 있다. 그리고 당신 자신을 사랑하는 수준만큼 다른 사람도 사랑할 수 있다. 만일 당신이 사랑하는 사람이 되고 싶으면 먼저 사랑에 대해 예스라고 대답해야 한다. 사랑은 책임이다. 사랑해야 할 의무를 진다. 책임을 가지는 사랑은 나누는 사랑이다. 희망 없이 살아 나갈 수 있을 만큼 용맹스러운 인간은 없다. 희망은 언제나 지팡이다. 그리고 사랑은 언제나 삶 자체이다.

당신은 이제부터 절대로 다른 사람의 뜻에 따라 좌우되는 희생자가 되어서는 안 된다. 사랑하며 마음먹기에 따라서는 희생자라는 덫에 걸리지 않을 수도 있고, 끝까지 가해자로서 행동하지 않을 수도 있다. 자신의 인생을 스스로 지배할 수 없다면 당신은 희생자이다. 어느 누구도 자유라는 것을 당신에게 가져다 주지는 않는다.

내 마음에 사랑을

바다에는 진주가 있고, 하늘에는 별이 있다.

그러나 내 마음, 내 마음, 내 마음에는 사랑이 있다.

–H.W. 롱펠로

잘된 이삭은 고개를 숙인다. 잘 여문 벼이삭이 고개를 숙이는 것은 아름답지만, 수양되지 못한 사람이 머리를 숙이고 있는 모양은 보기 좋은 것이 못 된다. 겸손은 미덕이지만, 무능은 미덕이 아니다. 생명이 충실한 사람은 아름답다. 그러나 생명이 시든 사람은 아름답다고 할 수 없다. 남의 행위를 보고서 이해 관계 없이 저절로 유쾌해지는 것은 대체로 좋은 일이다. 자기 일에 충실하면서 남의 생명을 사랑하는 것은 아름다운 것이며, 순수한 것은 기쁜 것이다. 가장 아름다운 것은 인간이고, 가장 추악한 것도 인간인 것이다. 인간이란 무한한 생명의 바다 위에 넘실거리는 한 줄기의 파도다.

당신의 가슴속에 사랑이 자리잡게 된다면, 당신의 존재가 자비로 넘쳐 오른다면, 그것은 바로 당신 속에 명상이 태어났다는 증거다. 모든 것을 당신의 마음으로 돌려라. 누군가 욕을 했을 때 되받아 분노를 터뜨린다면, 그것은 명상이 아니다.

실천하는 사랑

진정한 사랑은 실천하는 것이지, 빠지는 것이 아니다.

-에리히 프롬

일이 뜻대로 되어가지 않더라도 상처받거나 낙담하거나 거절 할 필요는 전혀 없다. 왜냐하면 그것이야말로 전형적인 희생자의 반응이기 때문이다. 복잡한 사회 구조 속에서 어떻게 살 것인가에 대한 당신 자신의 기대치가 앞으로의 인생을 결정 짓는 중요한 열쇠가 된다. 돈을 벌고 싶다면 부자가 되는 것을 상상하라. 자기의 의견을 확실히 말할 수 있는 사람이나 독창적인 사람, 그 밖에 자기가 되고 싶다고 생각하는 그런 인물로 자신을 상상해 보는 일부터 시작하라. 처음에 실패하더라도 절대로 낙담해서는 안 된다. 학습 체험이라고 생각하고 차근차근 실천해 나가도록 하자.

생명의 완성은 자기 자신보다 불우한 사람들 안에서 위로와 격려가 되어 주는 사랑의 실천으로써만 이루어진다.

남의 좋은 점을 칭찬하라

사랑은 사람들을 치료한다. 사랑을 받는 사람, 사랑을 주는 사람 할 것 없이.

−K. A. 매닝거

너와 내가 마음과 힘을 합해서 서로 함께 돕는다면 어떤 어려움도 견디어 내고 큰 일을 해낼 수 있다. 만일 사람의 관계가 사람 사이에서 단절된다면 좌절과 절망에 빠질 수도 있고 의욕과 희망을 저버리는 무서운 결과를 가져올 수도 있다.

남을 탓하거나 이웃의 잘못을 캐내기에 앞서 내가 앞장서서 남이 하기 싫은 일을 먼저 하자. 남의 좋은 점을 찾아 칭찬하는 생활을 한다면 틀림없이 남들도 나를 미워하지 않고 오히려 나를 믿고 따르게 될 것이다. 사람이란 타인의 문제를 내 문제로 생각하는 때가 종종 있다.

사랑은 부모처럼

19. 사랑은 내게 질문하지 않으며, 다만 끝없는 지지를 준다.

-셰익스피어

몸을 닦고 진리를 행하여 후세에까지 이름을 날리고, 더불어 부모의 이름까지 빛나게 하는 것이 효도의 최고 수준이다.

잔소리하는 부모의 마음속에 무한한 사랑을 베풀어 주는 진실한 마음이 있다는 것을 인식한다면, 반발하지 않고 참을 수 있다.

내 가족을 대하듯 사랑하는 마음으로 정치를 하고, 공평한 제도로써 질서를 바로 잡으면, 국민들은 잘못할 경우 부끄러워하는 마음을 갖게 될 것이다.

어진 사람은 인자한 행동을 해야 마음이 편하지만, 지혜로운 사람은 인자한 행동이 자기에게 이로운 줄 알기 때문에 인자한 행동을 한다.

더 많이 소유하고 더 많이 소비하는 만족한 돼지가 되기보다는 적게 소유하고 덜 소비하지만 더 의미 있는 삶을 사는 인간이 되자.

좋거나 나쁘거나 서로 나눠 가진다

우정은 사랑을 받는 것보다도 사랑하는 것에 있다.

-아리스토텔레스

사랑하는 두 사람은 좋거나 나쁘거나 서로 나누어 가지려고 노력하고 서로 마음을 기쁘게 한다. 사랑은 자연의 조화에 접근함으로써 얻어지기에 자기 멋대로 사랑하는 것은 무리다.

젊을 때의 친구보다 노년기의 친구는 더욱 좋다. 따뜻한 마음을 잃는다면 무엇보다도 그 사람 자신의 인생이 외롭고 비참하다. 계산된 애정은 참된 애정이 아니며, 진정으로 현명한 사람은 매사에 남을 먼저 생각하는 사람이다.

최고로 성공한 사람들은 모두가 늘 명랑하고 희망에 가득 차 있는 사람들이다. 늘 웃으며 일을 해 나가고 생활 속의 여러 가지 변화가 즐거운 것이든 슬픈 것이든 항상 담담하게 맞아들이는 사람이다.

가엾은 이들에게 헌신적인 사랑을

중요한 것은 사랑을 받는 것이 아니라 사랑을 하는 것이었다.

－서머싯 몸

인간의 사랑과 따뜻함, 인간의 친절과 미소로부터 따돌림 받는 가엾은 이들에게 헌신적인 사랑을 베풀어야 한다.

가장 큰 고통은 외로움, 사랑받지 못하는 것, 옆에 아무도 없는 소외감이 아니겠는가. 우리는 서로를 성실하고 진지하게 대하며 있는 그대로의 서로를 받아들일 수 있는 용기를 지니도록 하자.

작은 일에 충실하자. 우리가 서로 사랑한다는 것은 신령한 사랑 안에 성숙하는 것이다. 기도하는 영혼은 깊이 침묵하는 영혼이다. 나무와 꽃과 풀들은 침묵 속에 자란다. 하늘의 별과 달과 해도 침묵 속에 움직인다.

기쁨은 용기이고 사랑이다

사랑은 의지의 실천이다. 즉 하고자 하는 의도와 행동,
두 가지 모두를 같이 묶은 것이 사랑이다.

-M.스코트 팩

우리는 기쁨을 얻기 위해 부단히 노력해야 하며 이 기쁨이 마음 안에서 성장할 수 있도록 힘써야 한다. 기쁨은 기도이며 용기이고 사랑이다. 기쁨을 주는 이에게 기쁨은 더욱 큰 힘을 나타낸다.

사랑으로 가득 찬 마음에서 샘솟는 기쁜 말은 우리가 원하기만 하면 언제라도 줄 수 있다. 감사를 표현하는 가장 좋은 방법은 모든 것을 기쁨으로 받아들이는 것이다.

사랑과 친절의 결핍으로 세상은 길을 잃은 듯하다. 큰 일을 하는 사람들은 많이 있지만 작은 일을 하려는 사람들은 의외로 적다. 얼마나 많은 일을 하느냐보다 얼마나 많은 사랑을 실천에 옮기느냐가 더욱 중요하다.

사랑은 노력이다

23. 결국 사람은 사랑을 얼마큼 주는가에 따라서

얼마나 많은 사랑을 받는가를 알 수 있다.

−존 레논, 폴 메카트니

사랑은 노력이다. 노력이 없는 사랑은 물거품이다. 사랑은 고통과 외로움과 회의와 번민과 두려움으로 점철되어 있는 소설이다. 용기도 필요하고 투자도 필요한 싸움이 처절한 전쟁이다. 사랑은 끊임없는 노력으로 유지되는 인간 정신의 가장 치열한 표현이다. 받는 사랑보다는 주는 사랑이 더 행복하다.

대화의 부재는 부부 사이에 발생할 수 있는 최악의 상태에 대한 전주곡이다. 둘만의 시간을 가져라. 감사하고 기뻐하는 마음으로 당신들 둘 만의 시간을 가져라.

보금자리란 아름다운 곳이다. 진정 아름다운 곳이려면 언제나 열려져 있는 상태여야 한다. 대화보다 더 좋은 교육은 없다.

자신이 하고 있는 일에 자부심을 느끼고 그 일을 하고 있는 자신을 사랑해야 한다. 자신을 사랑할 만한 가치가 있는 사람으로 만들기 위해서 끝없이 노력하라.

사랑은 대가없이 주는 것

더 많은 사랑을 주는 것 외에 사랑의 치료약은 없다.

−헨리 데이비드 소로

주는 것은 받는 것보다 행복하며 사랑하는 것은 사랑 받
는 것보다 아름답고 사람을 행복하게 한다.

사랑은 슬픔 속에서도 의연한 자세를 갖추고 이해의 폭을
넓게 하며 미소지을 수 있는 능력을 갖게 한다.

기도는 음악처럼 신성하고 구원이기도 하다. 기도는 신뢰
이며 확인이다.

진정으로 기도하는 자는 무엇인가를 원하지 않는다. 어린
아이가 노래하듯이 고뇌와 감사를 중얼거릴 뿐이다.

사랑은 받는 것보다는 줄 때 행복하다

누군가를 사랑한다는 것은 그들이 자신의 모습을 되찾을 수 있도록 돕는 것을
의미한다. 비록 변함이 없고, 자신이 바라던 그들의 존재와 다를지라도.

−멀 샤인

당신은 사랑할 때 진정으로 삶을 확인할 것이다. 그러나
당신이 사랑을 받지 못할 때는 다만 괴로울 뿐이다. 사랑
한다는 것은 사랑 속에 있는 것과 결코 같지 않다.

새들은 사랑 속에 있을 때 노래한다. 날이 맑을 때엔 더욱
많은 노래를 부른다.

낭만적인 사랑의 의미와 기쁨을 잃어버리는 데는 두 가지
원인이 있다. 하나는 섹스 없이 사랑하는 것이요, 다른 하
나는 오로지 섹스만을 탐하는 것이다. 마음과 육체가 적
당히 어우러질 때 사랑은 아름다워진다.

참된 사랑이란 주는 사람

사랑은 두 사람이 마주 처다보는 것이 아니라 함께 같은 방향을 바라보는 것이다.

—생택쥐페리

참된 사랑은 이기적이지 않다. 참된 사랑이란 주는 사람이나 받는 사람 모두를 자유롭게 만들어 주는 것이니까. 우리들 자신이 사랑 받고 있다는 것을 알았을 때 우리의 가슴은 이내 뜨거워지고 우리 앞에 가로놓인 어려움들도 그다지 큰 문젯거리가 되지 않는다.

참된 사랑이란 서로를 속박하지 않고 서로의 가슴을 서로서로 이어주고 성장할 수 있도록, 또 변화할 수 있도록 그리고 우리들 서로를 위해서라면 헤어질 수 있는 용기도 가질 수 있도록 격려해 주는 것이다. 그래서 참된 사랑이란 결코 순간 순간의 경험에 얽매이지 않고 그러한 경험들을 올바르게 처리해 나가는 것이다.

사랑은 눈으로 들어온다

진짜 유일한 마술, 유일한 힘, 유일한 구원, 유일한 행복,

사람들은 이것을 소위 사랑하는 것이라고 부른다.

−헤르만 헤세

'술은 입으로 들어오고 사랑은 눈으로 들어온다' 는 노래
가 있다. 대부분의 사람은 사랑하는 사람을 만났을 때 어
두운 하늘에 유일하게 떠 있는 별빛처럼 눈을 빛내기 시
작한다. 거기에는 기쁨과 생명의 약동이 숨김없이 표현된
다. 진실한 사랑을 하는 사람들은 수줍음이 많으며 육체
적인 엔조이(Enjoy)에 싫증이 난 사람일수록 대담하다.
사랑이란 메마른 사회에서 녹슨 기계까지도 부드럽게 회
전시키는 윤활유와 같은 것이다. 우리들의 삶을 아름답고
향기롭게 만드는 최고의 미용품이며 힘을 솟게 하는 정력
제이며 오염된 환경을 정화하는 청정제가 바로 사랑이다.
그러므로 우리는 언제나 사랑을 하며 사랑 속에서 살자.

2장

>>> 우정과 시간 <<<

운명은 예측할 수 없고 좋은 기회는 다시
오지 않는 법이다. 해야 할 일이라면 지금
즉시 해라.

진정한 친구는 행운, 불행을 함께한다

진정한 우정은 앞과 뒤, 어느 쪽에서 보아도 동일한 것.
앞에서 보면 장미, 뒤에서 보면 가시일 수는 없다.
–리케르트

참된 우정은 어떠한 아부나 뇌물에 절대로 녹지 않는다.
오늘의 가장 친한 친구가 내일은 적이 될 수도 있음을 생
각하라. 인간은 우정 없이 살 수 없다. 우정에는 명예와 각
자의 취향과 개인적인 이해가 모두 뒤섞여 있다. 항상 선
한 사람과 우정을 맺으라. 행운과 불행을 모두 함께하는
친구가 진정한 친구이다. 즐거움과 이익만을 추구하는 친
구도 진정한 친구가 아니다. 참된 친구를 가진다는 것은
최고의 행복이다. 참된 우정은 어떠한 아부나 뇌물에 절
대로 녹지 않는다.

친구를 사귀면 외롭지 않다

큰 도움을 주고, 즐거울 때에나 괴로울 때에나 변하지 않으며,

좋은 말을 해 주고 동정심이 많은 친구가 되라.

−육방예경

머리엔 지식을, 가슴엔 사랑을 가득 담자. 이 세상에서 가장 쓸쓸한 곳은 텅빈 머리요, 가장 외로운 곳은 사랑 없는 가슴이다.

타인의 아픔을 느끼지 않으려면 자신도 행복의 가능성을 단념해야 한다. 서로 속마음을 내보이며 어울릴 수 있는 친구를 가진 사람은 결코 외롭지 않다.

벗이란 기쁨과 슬픔을 공유할 수 있어야 한다. 내 자신이 친구의 사고 방식 속에 들어가 서로를 가슴으로 이해하고 믿음과 신뢰의 정으로 어우러져야 한다. 마음이 울적할 때 속마음을 털어 놓고 함께 공감하고 위로해 줄 수 있는 참된 우정이 아쉽다.

모든 사람에게 친절하고, 많은 사람에게 상냥하고, 소수에게 친밀하고, 한 사람에게 친구답고, 아무에게도 원수가 되지 마라.

진정한 우정을 키워 보라

현명한 친구는 보물처럼 다루어라. 인생에서 만나는 많은 사람들의 호의보다

한 사람의 친구로 부터 받는 이해심이 더욱 유익하다.

−그라시안

웃음 띤 얼굴은 피로한 삶에게는 휴식을, 실의에 빠진 사람에게는 광명을, 슬픈 사람에게는 태양이 되며, 괴로움을 순식간에 없애 버리는 명약이 된다.

상대와 동등한 권리가 있다면 큰 것은 상대방에게 양보하라. 상대방을 움직이려고 할 때 강압적인 것이 아니라 마음으로부터 우러나오는 설득의 수단을 쓰라. 자기 자신만의 독창적인 방법을 생각해 계획을 세워라. 스스로 상대방으로부터 호감을 사려고 노력하고 상대방을 이해할 수 있을 때 가능하다.

자연이 탄생시킨 걸작은 다름 아닌 친구이다. 진정한 우정은 아주 천천히 자라는 식물이다. 우정은 결정을 부드럽게 하고, 항상 마음의 분출구가 되어 주며, 재난을 당했을 때 피난처가 되기도 하며, 마음을 밝게 해준다.

부지런한 친구를 사귀자

지혜로운 친구를 가까이하면 몸과 마음을 함께 깨끗이 간직할 수 있다.

―대승장엄론

지혜로운 자가 처음으로 할 일은 감각을 지키고 만족할 줄 알며 계율에 따라 절제하고 맑고 부지런한 친구와 사귀는 일이다. 항상 친절하라. 우정을 다하고 착한 일을 하라. 그러면 기쁨은 넘치고 괴로움을 말끔히 없애게 되리라. 데일 카네기는 내 뜻대로 사람을 움직이기 위한 원칙을 첫째, 상대방의 의사를 존중할 것, 둘째, 상대방의 존재의식을 일깨울 것, 셋째, 상대방의 기분과 입장을 파악할 것이라고 하였다.

책을 당신의 친구로 삼아라. 동반자로 삼아라. 서재를 당신의 낙원으로 삼고, 과수원으로 삼아라. 그리고 그 향기 좋은 과일을 모아라. 그곳에서 꺾은 장미로 당신을 아름답게 장식하라. 후추의 열매를 따라서 정원을 돌며 새로운 경치를 구경하라. 그러면 당신의 희망은 항상 신선하고, 당신의 영혼은 기쁨으로 충만할 것이다.

우정은 즐겁다

'친구'는 '자유'라는 의미를 가진 말에서 유래되었습니다.
친구란 우리에게 쉴 만한 공간과 자유로움을 허락하는 사람입니다.

−데비 엘리슨

그 우정의 즐거움은 대화에 있다. 공자도 '벗이 있어 멀리서 오면 그 또한 즐겁지 아니한가.' 하였다. 우정에 있어서 가장 중요시되는 것은 '신의'이다.

부모 형제나 부부간처럼 혈연과 정으로 묶여 있지 않고 표연히 와서 맺어지고 표연히 떠나가는 것이 친구이기 때문에 되돌아오는 것도 친구라고 할 수 있다. 그렇게 되돌아오기를 거듭하는 데는 정만이 아닌 신의가 필요하다.

다음으로 중요한 것은 '충고'이다. 사람은 누구나 장단점을 가지고 있다. 어릴 때는 부모님이, 학교에서는 선생님이, 사회에서는 친구가 충고를 해준다. 따라서 우정은 고귀하며 소중한 것이다.

우정은 사랑이다

친구를 칭찬할 때는 널리 알도록 하고 친구를 책망할 때는 남이 모르게 한다.

–독일속담

좋은 친구를 사귀려면 명랑하고 긍정적인 친구를 가까이 하라. 친구의 이야기는 정직하게 듣고 관심을 갖되 반론을 제기하지 말라.

남의 험담을 하는 친구를 알아듣도록 타일러 다시는 남의 험담을 아니 할 수 있도록 할 수 있는 자신이 없다면 그 자리를 떠나라.

언제나 내가 최고라는 생각을 버리고 모든 일에 책임 있고 성실한 모습을 보여주며 그리고 성실하면서도 책임감이 뛰어난 친구를 사귀어라.

효율적인 시간관리가 성공비결

일하는 시간과 노는 시간을 뚜렷이 구분하라.

시간의 중요성을 이해하고 매 순간을 즐겁게 보내고 유용하게 활용하라.

−루이사 메이 올콧

지금 우리 나라에서 가장 중요한 것은 매사에 그 수준을 높여 가는 것이다. 과학 교육도 철저히 해야 한다. 기초 과학이 발달하지 않고서는 응용 과학이 발달할 수가 없고, 응용 과학이 발달되지 않고서는 기계 제작이 불가능하기 때문이다. 그리고 매사에 품질 개선, 품질 신뢰가 없이는 국제적으로 선진할 수가 없음을 명심해야 한다.

긴 인생은 잠과 일과 휴가로 나눌 수 있다. 충분히 잠자고, 쾌적하게 휴가를 보내고, 항상 새로운 에너지를 충전해 그 체력으로 일해야 일이 잘 되어 나간다. 긴 인생을 성공적으로 즐겁게 살아가려면 일이 잘 되어가야 하며, 그 일이 성공적으로 즐겁게 잘 풀려 나가기 위해서는 일과 잠, 휴가, 이 세 가지가 유기적으로 효율성 있게 잘 돌아가야 한다.

시간을 낭비하지 않는다

변명 중에서도 가장 어리석고 못난 변명은 "시간이 없어서"라는 변명이다.

―에디슨

 게으른 자여! 개미에게로 가서 배워라. 좀 더 자자, 좀 더 놀자, 좀 더 눕자 하면 빈궁이 강도같이 오며, 궁핍이 군사 같이 이르리라. 항상 힘써 일하면 좋은 열매를 얻는다. 사람은 성실할수록 자신감을 얻게 된다. 정직과 성실을 그대의 벗으로 삼아라. 백 권의 책보다 단 한가지의 성실한 마음이 사람을 움직이는 힘이 더 크다.

일터를 즐겁게 하려면 자신의 일을 즐겁게 하라. 모든 사람들을 진실하게 대하라. 함께 일하는 사람들을 기분 좋게 하라. 헌신적으로 일하라. 그리고 목표를 달성했을 때는 감사 표시를 꼭 하라.

오늘 마지막 순간인 것처럼 살자

오늘이라는 날은 두 번 다시 오지 않는다는 것을 잊지 말라

—단테

배우지 못한 사람은 논쟁에서 이길 수 없다. 논쟁을 할 때
는 재치가 필요하기 때문이다.

상대방의 좋은 것을 인정해 줄 수 있는 사람은 자기의 좋
은 점도 인정받게 된다. 주의를 조금만 기울여 보라. 그 사
람의 이야기에 주의를 기울이면 당신은 그 사람과 곧 친
하게 된다.

선택의 여지가 없다. 후퇴는 불가능하다. 오늘이 마지막
날인 것처럼 살자. 지금 이 순간이 나에게 주어진 마지막
순간인 것처럼 살아야 한다. 과거는 강물처럼 이미 지나
가 버렸고, 미래는 아직 오지 않았다. 오직 현재만 있을 뿐
이다. 지금 이 자리에서 최선을 다해 최대한으로 살 수 있
다면, 그것이 최고이다. 저마다 서 있는 그 자리에서 자기
답게 살자.

큰 일을 하려거든 시간을 아껴라

가장 바쁜 사람이 가장 많은 시간을 갖는다.
부지런히 노력하는 사람이 결국 많은 대가를 얻는다.

−알렉산드리아 피네

어떤 일이든 하루 아침에 쉽게 되는 일은 없다. 탁월한 사람이 되기 위해서는 끈기가 필요하다. 머리가 나쁘다고 하지 말고 인내를 가지고 꾸준하게 하는 일이 더 중요하다. 무슨 일이든 기꺼이 시작하고 꾸준히 노력하지 않는다면 누구도 성공을 바랄 수 없다.

건강한 육체는 건전한 마음의 산물이다. 일어나기를 게을리 하는 것은 열 가지 도둑 중 하나이다. 꿈은 높게, 그러나 발은 땅에. 당신을 목적지까지 안락하게 태워다 줄 수 있는 금마차는 없다.

시간을 아낄 줄 모르는 사람은 목적없이 사는 사람이며 목적없이 사는 사람은 바람에 밀려 이리저리 떠돌아다니는 쪽배와 같은 사람이다.

시간을 아끼는 사람은 큰 일을 하고 시간을 귀하게 쓰는 사람은 위대한 인물이 된다.

포도주는 오래 묵혀야 맛있다

내가 헛되이 보낸 오늘 하루는 어제 죽어간 이들이 그토록 바라던 하루이다.

단 하루면 인간적인 모든 것을 멸망시킬 수 있고 다시 소생시킬 수도 있다.

―소포클레스

참으로 현명한 사람은 그저 지나쳐 버리는 세월을 가장 슬퍼한다. 이미 흘러간 물로는 물레방아를 돌릴 수 없다. 임금 1백 명의 권력을 합쳐도 과거는 불러올 수 없다. 그대가 인생을 사랑한다면 시간을 낭비하지 마라. 늦잠을 잔 사람 중 성공한 사람은 없다. 열정과 수고없이 이루어진 위대한 일은 없다.

문화의 힘은 우리 자신을 행복하게 하고, 나아가 남에게 행복을 줄 수 있다. 포도주는 오래 기다린 것일수록 맛이 좋다. 유혹에 질 때마다 우리는 더욱 잘못되어지고 유혹에 저항할 때마다 우리는 더욱 강해진다. 당신의 마음에 허점을 허용하는 순간, 곧 무책임한 행동을 하는 순간에 당신은 스스로를 억압하는 사람이 된다.

묵묵히 자신의 길을 가는 사람

미래를 신뢰하지 마라, 죽은 과거는 묻어버려라, 그리고 살아있는 현재에 행동하라.

–롱펠로

일이나 명예보다도 사람이 좋아야 사람다운 사람이다. 쾌락 뒤에는 허무가 남지만, 슬픔 뒤에는 인생의 맛을 알게 된다. 가슴이 뜨겁고 피가 끓으면 나이에 관계없이 누구나 젊은이다. 움직여야 젊은이다. 서 있는 노동자가 앉아 있는 신사보다 높다. 웅변은 은이요, 침묵은 금이다.

비겁한 선인보다는 용감한 죄인이 새 사람이 될 가능성이 높다. 오늘의 진통은 내일의 행복을 예감한다. 아무리 어렵게 보이는 문제라도 정신을 똑바로 가지고 부딪치면 의외로 별것이 아닐 때가 많다.

비가 오나 눈이 오나 묵묵히 가야 할 길을 가는 사람은, 자신도 행복할 뿐 아니라 주위 사람들에게까지 도전의식을 주는 사람이다.

과거는 과거일 뿐

짧은 인생은 시간의 낭비에 의해 더욱 짧아진다.

-S. 존슨

슬프고 좋지 않은 기억은 모두 잊어버려라. 과거를 더 이상 입에 담지 말라. 사랑의 빛과 우리들에게 주어진 모든 것들이 빛 안에서 살아가라.

지혜를 얻는 방법이 있다. 마음과 정성을 다해 정신적인 생활을 추구하는 사람은 죽음을 결코 두려워하지 않는 법이다. 우리에게 고통스런 유혹은 성적 욕망과 자만심, 그리고 분에 대한 욕망이다. 이 세계는 오직 마음을 갈고 닦음으로써 개선 될 것이다. 물질적이고 동물적인 것만 추구하는 삶처럼 나쁜 것은 없으며 영혼을 살찌우려는 행위는 본인 자신과 타인에게 유익한 일이다.

인생, 과연 어디쯤 가고 있나

시간의 걸음걸이에는 세 가지가 있다. 미래는 주저하면서 다가오고,
현재는 화살처럼 날아가고, 과거는 영원히 정지하고 있다.

−F. 실러

너는 왔다가 가는 한 사람의 나그네, 재산을 모으고 부유
함을 자랑하지만 그러나 떠날 때는 아무것도 갖고 가지
못한다. 너는 주먹을 쥐고 이 세상 속에 와서 갈 때는 손바
닥을 펴고 죽는다.

벗이여, 너의 눈앞에서 너의 인생은 먼지로 화해 버린다.
너의 육체가 건강하고 튼튼할 때, 너의 감각기관이 아직
기능하고 있을 때, 너 자신을 위해서 무엇인가를 하라. 진
정한 자아에 대해서 명상하라. 그리고 인생이 아주 짧다
는 것을 기억하라.

얼굴을 바로하고 고개를 높이 쳐들고 웃는 낯으로 주저하
지 말고 목표를 향해 달려가자. 사람은 마음먹은 대로의
인물로 발전한다.

너는 지금 네 자신이 어디를 가고 있다고 생각하는가? 한
번쯤 생각해 보자.

오늘 일을 내일로 미루지 마라

오늘 할 수 있는 일에만 전력을 쏟으라.

-뉴튼

사람들에게 가장 필요한 것이 있다면 그것은 인생에 대한 비전이다. 비전이란 인생의 목표와도 같다. 비전을 가졌다고 하는 것은 자신의 인생에 대한 목표를 구체적으로 가졌다는 것을 의미한다. 그래서 비전을 가진 자는 살맛나는 세상을 살게 된다.

편견과 부정적인 견해는 낡아빠진 길을 걸어가게 하며 복되고 새로운 길을 도피하며 살아가게 만든다.

창문을 닦자. 미래라고 불리는 창문을 닦자. 미래도 현재도 밝혀주는 빛을 받아들이는 창문을 닦자.

오늘의 일은 어제의 일과 달리 매우 신선하다. 그리고 내일의 일은 오늘의 일보다 더욱 신선할 것이다. 오늘의 일을 내일로 미루지 말자. 운명은 예측할 수 없고 좋은 기회는 다시 오지 않는 법이다. 해야 할 일이라면 지금 즉시 해라. 매사에 과감하게 임하고 적극적으로 문제를 다루어라.

시간은 사람을 기다리지 않는다

오늘 하루를 헛되이 보냈다면 그것은 커다란 손실이다.

하루를 유익하게 보낸 사람은 하루의 보물을 파낸 것이다.

하루를 헛되이 보냄은 내 몸을 헛되이 소모하고 있다는 것을 기억해야 한다.

－앙리 프레데리크 아미엘

이 순간이 가장 소중하다.

사람은 자신이 노력한 만큼 행복해진다. 또 어떤 습관을 가지고 일을 하느냐에 따라 행복도 불행도 이루어진다. 인생은 늘 기쁨만 있는 것도, 그렇다고 슬픔만 있는 것도 아니다. 그러나 용기있는 사람은 실패를 통해서 희망을 배운다.

시간은 사람을 기다려 주지 않는다. 한 번 지나가 버린 시간은 두 번 다시 돌아오지 않는다. 지금 이 순간이 가장 가치있는 것이다. 소중한 오늘의 삶이 내일로 이루어질 때 인생은 가치있고 빛나는 것이다.

여러분은 누구보다도 아름다운 삶을 살아가도록 최선을 다하라. 우리 모두 성공이라는 위대한 문을 힘차게 밀고 들어가자.

소중한 시간을 아껴 써라

세월은 누구에게나 공평하게 주어진 자본금이다.
이 자본을 잘 이용한 사람에겐 승리가 있다.
—아뷰난드

새로운 인생을 위해 출발하자.

소중한 시간을 막연한 기대나 헛된 상상으로 보내서는 아무것도 얻을 수 없다. 자신이 해야 할 일에 애정을 가지고 매달려야 한다. 자기 스스로 어떤 일을 하고 싶은가를 찾아내고 전력을 다하여 그 일에 몰두하라.

꿈을 실현하기 위해서 무엇보다 먼저 할 일은 당신의 공상을 종이 위에 써 보는 것이다. 꿈을 기록한다는 것은 구체적인 계획을 마음속에 그리는 것이다. 인생의 고뇌를 겪은 사람일수록 생명의 존귀함을 안다.

다른 사람보다 한 걸음 앞서고 싶다면 장래의 계획은 자기 자신이 정해야 한다. 자신이 몰두할 수 있는 일에서 의욕과 힘을 찾고 성공을 향한 길로 힘껏 나아가라.

매일 아침을 감사하게 생각하자. 최선을 다하여 열심히 일하면 절제, 자제심, 근면, 굳센 의지, 만족감이 나타난다.

오늘의 생활이 아무리 절망적이라고 하더라도 절
망적이면 절망적일수록 새로운 희망은 가까워지
고 있다는 것을 되새기며 참고 이겨나가야 한다.

현재가 중요하다

시간이여, 너희 때문에 운명은 그 소망을 덧없이 한다.

좋은 때여, 너희는 가버리면 또다시 안 돌아오네.

─라퐁테느

인생은 놀라운 선물이며 당신은 멋지고 유일한 존재이다. 괴로운 과거를 생각하거나 미래를 상상하면서 귀중한 시간을 낭비하지 마라. 조급하게 시작하지 마라. 미래는 곧 온다.

삶은 한 번에 한순간을 사는 것이다. 삶은 긴급 상황이 아니라 모험이다. 인간은 선천적으로 호기심이 많고 배우고 성장하려는 욕망이 강하다. 인생은 분석을 하면 즐길 수가 없다. 당신을 패배시킬 수 있는 유일한 것은 집념의 부족이다. 자신을 불행한 사람이라고 생각하는 것은 위험한 짓이다. 슬픔은 상실감과 실망을 느낄 때마다 생기는 감정이다. 고통을 좋아하는 사람도 없고, 불행을 원하는 사람도 없다.

사람은 누구나 죽는다. 중요한 것은 현재이다.

기다리면 기회는 다시 온다

어려운 일은 시간이 해결해 준다.

-이솝우화

실력과 용기는 모든 고난을 이겨내고 성공이라는 이상적 경지에 이르게 해 주는 영원한 보증서다. 막강한 실력과 좋은 기질이 있어야 사업에 성공할 수 있다.

쓸데없는 자존심과 두려움은 경계해야 한다. 그렇지 않으면 발전에 장애가 된다. 자신의 이득만 추구하면 분명 다른 손해가 뒤따른다. 돈이란 사람에게 물질적 풍요와 향락을 주는 것이지만 고상한 인격을 줄 수는 없기 때문이다. 위대한 인물은 영원히 자신을 방임하지 않고 항상 끊임없이 반성하면서 언제나 스스로를 잘 다스린다. 지혜로운 자는 시야가 고원(高遠)하여 사소한 일에 마음쓰지 않는다. 그리고 이익을 얻기 위해 인격을 해치는 일도 하지 않는다.

성공할 때는 널리 천하를 구제하고, 곤궁할 때는 자기 한 몸만 잘 보존하라. 한번 기회를 놓치면 더 좋은 기회가 기다리고 있다.

시간은 생명이란 이름의 보물

오늘을 붙들어라. 되도록 이면 내일에 의지하지 말라.

그 날 그 날이 일 년 중에서 최선의 날이다.

-랄프 월도 에머슨

시간은 생명이란 이름의 유일한 보물이다. 이 보물을 어떻게 경영하고 관리하느냐에 따라 자신의 인생은 하늘과 땅만큼의 차이가 생긴다.

값진 인생을 산 사람은 자신의 시간이 값지다는 것을 알기 때문에 값진 행동과 사고를 보여준다.

어제의 시간은 오늘의 시간과 다르고 내일의 시간은 또 오늘의 시간과 다르다. 시간은 주어진 순간에만 사용할 수 있기 때문에 바로 지금 이 순간을 어떻게 쓰느냐가 평생을 좌우하는 것이다.

번듯한 집을 지으려면 설계가 필요하듯이 단 한 번뿐인 삶을 보다 아름답고 성공적인 방향으로 살아가야겠다면 자신의 인생도 설계하지 않으면 안 된다.

연장전 없는 단 한 번의 삶을 위해서는 보다 높고 보다 크게 성취해야 할 사명의식을 가져야 하지 않겠는가. 가슴에 큰 뜻을 품고 하루하루를 뉘우침 없이 살도록 하자.

빨리 시작하라

지금이야말로 일할 때다. 지금이야말로 싸울 때다. 지금이야말로 나를 더
훌륭한 사람으로 만들 때다. 오늘 그것을 못하면 내일 그것을 할 수 있는가?

-토마스 A 캠피스

만일 오늘을 헛되이 보낸다면 다음 날, 또 그 다음 날도 역
시 일정한 계획없이 헛되이 보내게 될 것이다. 어떤 일에
대한 결정을 내리지 못한다면 그것은 자연히 미루어지게
되고 시간이 지남에 따라 점점 희미해지게 될 것이다. 어
떤 일을 행동으로 옮기는 것, 거기에는 커다란 용기가 내
포된다.

당신이 계획한 일은 어떠한 것이든 다 당신이 할 수 있다
고 생각하고 과감하게 시작하라. 망설임에서 벗어나 일단
시작만 하면 그것을 향한 당신의 마음이 불붙게 될 것이
다. 그러므로 지금 곧 시작하라! 그러면 장차 끝을 보게 될
것이다.

순간과 영원

시간은 말로써 나타낼 수 없을 만큼 멋진 만물의 소재이다.

-아놀드 버넷

미래를 위해 내일을 계획하고 희망을 갖는 것은 모든 사람에게 필요한 삶의 절대적인 조건이다.

그러나 우리는 다만 미래만을 위해서 사는 것은 아니다. 우리는 오직 현재 속에서 삶을 영위하고 있다. 또한 우리는 순간 속에서 살아가고 있는 것이다. 특히 현재를 경험은 순간 속에서 살아가고 있는 것이다.

이러한 순간은 의식적 존재의 부단한 연속 위에서 싹이 트고 꽃이 핀다. 의식적 존재에서는 우리의 현재뿐만 아니라 과거도 함께 살아 있다. 또 헤아릴 수 없는 깊이를 가지고 비록 눈에 보이지는 않지만 미래와 더불어 우리는 부단히 움직이고 있는 것이다.

새벽을 부르는 노래

우리를 조금 크게 만드는데 걸리는 시간은 단 하루면 충분하다.

-파울 클레

오늘을 뜻 있게 살기 위하여 어제 하루가 값있어야 하고 내일을 값지게 살려면 오늘을 값지게 살아야만 한다. 또한 오늘의 행복만을 생각하거나 오늘의 불행만을 한탄하고 그것을 내일의 행복으로 전환시킬 줄 모르는 생활 태도는 과감히 버려야 한다.

내일이 있다는 희망, 이것이야말로 우리의 생명의 근원이요, 내일이 없다는 것은 절망이며, 우리에게 생명의 종말을 가져다준다. 오늘의 생활이 아무리 절망적이라고 하더라도 절망적이면 절망적일수록 새로운 희망은 가까워지고 있다는 것을 되새기며 참고 이겨나가야 한다. 어두운 밤이 견디기 어려울 지라도 그 밤이 깊어 가면 으레 새벽이 온다는 희망으로 어두운 밤을 한탄하기보다는 오래지 않아 밝아올 새벽을 노래하도록 하자.

희망을 여는 아침

내일에는 미래가 더 나아질 것이다.

–댄 퀘일

지평선은 하늘과 땅이 맞닿는 곳을 말하는데, 그곳은 오늘이라는 하루가 끝나고 내일이라는 새로운 날이 시작되는 곳이기도 하다.

우리는 어제의 소극적이고도 의심에 찼던 마음에 그대로 몸을 맡겨서는 안 된다. 의심에 사로잡히게 되면 빚은 늘어나고 열매를 맺지 못하고 노력은 좌절되고 꿈은 산산조각이 난다.

의심은 희망을 매장하는 묘혈을 판다. 신념은 내일이 되면 태양이 떠오를 것을 믿고 멀리 지평선을 바라본다. 오늘은 새로운 시대의 막이 열리는 날이다. 매일매일이 새로운 시작이다. 매일 아침 세계는 새롭게 창조된다.

슬픔과 무거운 짐에 짓눌린 그대여, 그것이 오히려 당신에게 아름다운 희망을 가져다주는 것이다.

현재에 충실 하라

나는 과거를 생각하지 않습니다. 중요한 것은 끝없는 현재 뿐이지요.

-윌리엄 서머셋 모옴

희망의 등불을 가슴속에 켜고 노력의 구두끈을 힘껏 잡아매고 성실의 면류관을 쓰고 분수의 허리띠를 졸라매어 보람 있는 인생을 걸어가자.

이미 흘러간 물로는 물레방아를 돌릴 수 없으며, 백 명의 임금이 권력을 합쳐도 과거로 되돌아갈 수는 없다.

그대가 인생을 사랑한다면 시간을 낭비하지 말라. 같이 출발하였는데도 세월이 지난 뒤에 보면 어떤 사람은 뛰어나고 어떤 사람은 낙오되어 있다. 이것은 하루하루 주어진 자신의 시간을 어떻게 이용했느냐에 따라 달라질 수 있다.

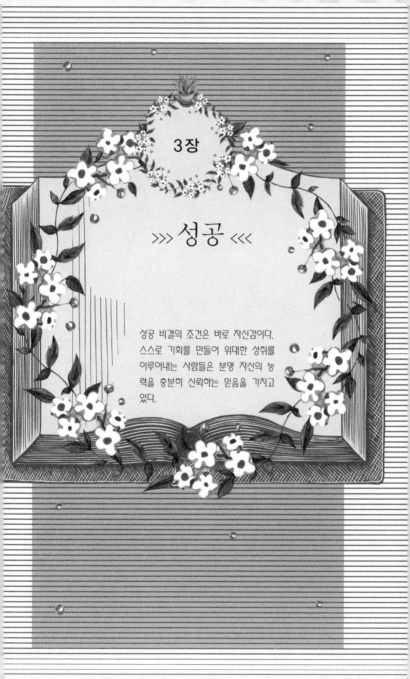

3장

>>> 성공 <<<

성공 비결의 조건은 바로 자신감이다. 스스로 기회를 만들어 위대한 성취를 이루어내는 사람들은 분명 자신의 능력을 충분히 신뢰하는 믿음을 가지고 있다.

어떻게 사는 것이 성공 인생인가

성공에 대한 비밀은 따로 존재하지 않는다.

그것은 바로 준비, 근면성, 실패로부터의 배움이다.

—콜린 파월

자기 회고와 반성이 없는 사람에겐 낙오된 인생이 있을 뿐이다 우리들 인생은 이 유구한 세월의 물결 속에서 잠시 머물렀다 사라지는 거품 같은 것이어서 자기 인생을 볼 수 있는 사람만이 자기를 보면서 잠시 그 거품을 사는 것이다. 반성하는 사람만이.

자기 회고와 반성이 없는 사람에겐 전진과 진보가 없는 낙오된 인생이 있을 뿐이다. 왜냐하면 인생이란 기다리는 것, 참는 것, 끊임없이 희망하는 것, 그리고 견디는 것이기 때문이다.

성공을 원하면 계획을 세워라

중요한 일은 자기 자신이 맡아야 한다. 지금 당장 안 되는 일일수록 지금 당장 그 일을 착수해야 한다. 우선 하려는 의욕 위에, 지금 할 수 있는 일이 1% 밖에 준비되어 있지 않다 하더라도 착수해야 한다. 진실한 마음으로 무엇을 계획하고, 그 일을 실행에 옮기는 것이 가장 즐거운 생활이다. 인생의 짜릿한 흥취란 새로운 일을 하는 데 있다.

-앤드류 매튜스

모든 일의 성패는 계획을 세우는 데 있다. 비전이란 미래에 창조하고자 하는 멋있는 그림이다. 비전은 우리의 가슴을 따뜻하게 하고, 일하기를 좋아한다. 또한 비전은 시작만 있고 끝이 없는 여정이다.

성공적인 비전 경영을 하려면, 첫째 최고 지도자가 되어야 하고, 둘째 중장기 계획을 세워야 하고, 셋째 쉬지 말고 끊임없이 추구해야 하고, 넷째 비전 의식을 갖고 생활해야 하고, 다섯째 비전 설정에 참여해야 한다.

실패는 성공의 어머니

성공이란 열정을 잃지 않고 실패를 거듭할 수 있는 능력이다.

−윈스턴 처칠

성공하는 사람들이란 긍정적이고 적극적인 정신을 가진 사람이다. 인내는 성공의 어머니다. 인내는 쓰나 열매는 달다. 인내하고, 또 인내하라. 인내는 하는 일을 받쳐 주는 귀중한 자본이다. 모든 일에는 시작과 끝이 있다. 부정적인 사고는 소극적인 행동을 낳고, 실패를 낳는다. 무슨 일이든 나는 가능하다, 할 수 있다는 긍정적인 사고를 하라. 그리고 적극적으로 행동하라. 용기 있는 자만이 성공할 수 있다. 무슨 일이든 불가능하다고 생각하지 말라. 무슨 일이든 적당히 대충하고자 하면 좋은 결과를 기대할 수 없다.

성공은 우연이 아니다

이론은 멋지지만, 실행에 옮기기 전까지는 쓸모 없는 것이다.

−제임스 페니

착한 것을 보거든, 목 마른 사람이 물 구하듯 하라.
하루에 한 번쯤은 나를 생각하지 말고 착한 일을 해 보자.
대가를 바라지 않는 순수한 마음으로, 하루에 한 번이라
도 지극히 작은 선행을 남을 위해 실천하자.
말하고자 하는 바를 먼저 실행하고 말하라. 만약 행복을
원하거든 무엇보다도 먼저 만사에 허욕을 부리지 마라.
수고없이 주어지는 재물은 축복이 아니라 저주일 수 있
다. 쉬지 않고 흐르는 물만이 강과 바다에 이를 수 있듯,
쉬지 않고 걷는 자만이 산의 정상에 오를 수 있다. 정상에
오른 사람만이 정상에서의 성취감과 등산의 기쁨을 맛볼
수 있다. 이와 마찬가지로 성공은 우연의 산물이 아니며
요행의 결과는 더욱 아니다.

맞서야 성공할 수 있다

놀라운 아이디어는 넘쳐난다. 단지 부족한 점은 그것을 실행하는 의지이다.

-세스 고딘

정글을 꿰뚫고 지나간 뒤가 아니면 어떠한 정글도 돌파불능이라는 보고를 하지 마라. 문제가 있어도 웃으면서 맞서 나가야 한다. 그것이 삶의 용기이며 성공의 비결이다. 누구나 꿈이 있고 꿈을 이루겠다는 결의만 있으면 가능하다. 절망이 희망으로, 아픔이 기쁨으로, 핸디캡이 긍지가 되고 자랑이 될 수 있다. 주는 것보다도 받는 것이 더 많은 인생, 그러니 편안한 것도 미안하고 죄스럽기만 하다.

지혜롭고 어진 사람은 체면보다는 실질적인 성과를, 고집보다는 협력을, 자기 주장보다는 충고를 들을 줄 아는 사람이다. 그러나 무엇보다도 필요한 것은 문제와 맞설 수 있는 용기이다. 피하지 마라. 성공이 기다린다.

산다는 것이 바로 성공이다

간단함이 훌륭함의 열쇠다.

−이소룡

이 세상의 위대한 사람들은 다 재미에 빠진 사람이 아니라 값있는 일에 빠진 사람들이다. 이 세상에서 사람값을 하지 않는 사람은 없다. 평화란 싸움이 없는 것이 아니고, 영혼에서 솟는 기쁨을 말하는 것이다.

책이 없는 집은 영혼이 없는 몸과 같다. 나라를 사랑하고 역경을 이기는 용기를 가져야 하며 지도자에게 충성하고 큰 목적을 위해 희생할 수 있어야 한다.

살아 있는 것 자체만으로도 성공이라고 할 수 있다. 내게 주어진 길을 끝까지, 묵묵히 그리고 최선을 다해 달려가면 그것이 곧 성공인 것이다.

비전을 가진 사람들의 일곱가지 습관

비전이 있어야 전략이 생긴다.

−제인스 쿠퍼

1. 자신의 삶에 책임을 지라.
2. 사명과 삶의 목표를 정하라.
3. 일의 우선 순위를 정하고 가장 중요한 것부터 하라.
4. 모든 사람이 이길 수 있다는 태도를 가져라.
5. 다른 사람의 말을 진심으로 들어 주어라.
6. 더 많은 성과를 거두기 위해 함께 협력하라.
7. 규칙적으로 자신을 해롭게 하라.

비전은 우리가 살아가는 이유가 되며 사람을 사람답게 만드는 놀라운 힘이 있다.
비전이 있는 사람은 하루하루를 소중히 여기며 살아가는 사람이다.

쓰러지면 다시 일어나라

많이 실패해라. 그래서 빨리 성공할 수 있게 해라.

-톰 켈리

인생의 목적은 끊임없는 전진에 있다. 풍파는 언제나 전진하는 자의 벗이다.

역경에 부딪칠수록 부딪치는 자의 가슴은 뛴다. 운명에 겁내지 말고 맞서라. 그래야 운명의 길이 열린다. 세상에서 필요한 사람이 되라. 세상이 그대를 찾도록 하라.

사고할 줄 아는 사람은 많은 것을 배운다. 어떤 위험한 일이 있더라고 포기하지도, 도망치지도 말라. 스스로도 놀랄 강력한 지혜와 능력을 발휘하라. 누구든지 공포심을 극복하라. 적극적으로 맞서라. 어떤 것에도 이기는 것은 오직 끈기와 결단력이다.

실패란 잠깐 정지하는 것이다. 지금 실행하라. 자기의 일은 잊어 버리고 앞으로의 일만을 계속해서 해 나가는 것이다. 인간에게 최고의 명예는 쓰러질 때마다 일어나는 것이다. 현재에 충실하라.

실패를 발판 삼아 성공을 이뤄라

실패를 걱정하지 마라. 한 번만 옳기만 하면 된다.

-드류 휴스턴

인간이 할 수 있는 일은 무엇이나 할 수 있다는 마음을 갖는다면, 설사 어떤 고난에 처하더라도 언젠가는 반드시 목표에 달성할 수 있을 것이다.

타인에 대한 증오심, 불신, 불친절한 감정 따위는 당장 잊어버려라. 자기 인생은 본인 스스로가 만드는 것이다. 아름다운 것이나 추한 것, 모두 자기의 탓인 것이다. 잘못된 10%의 일만 생각하고 올바른 90%는 무시하라.

오늘은 우리 인생이라고 말할 수 있는 유일한 것이다. 늘 깨어 있는 마음으로 좋은 취미를 갖고 마음껏 오늘을 보내자. 자신의 두 발로 서 있는 사람은 결코 고립되지 않는다. 우리는 단지 지구가 가는대로 따라 가기만 하면 된다.

인간이 모든 것을 극복할 수 있다면 힘든 경험이 주는 풍요함의 기쁨은 반감되고 말 것이다.

옳은 길, 정의의 길을 걸어가면 칭찬을 받을 것이고, 그러나 나쁜 길, 불의의 길을 가면 저주를 받을 것이다.

실패를 통해 성공은 가까워진다

내 첫 번째 회사는 엄청나게 크게 실패했다. 두 번째 회사는 실패했지만, 첫 번째보다
덜 실패했다. 세 번째 회사는 적절하게 실패했고, 견딜 만 했다. 네 번째 회사는 거의
실패하지 않았고, 크게 만족하지는 않았지만 그런대로 괜찮았다. 그 다음 다섯 번째
회사는 바로 Paypal이었다.

–맥스 레브친

부하를 신뢰하라. 관리자는 부하의 능력과 의욕을 기대하
고 그 발휘를 마음속으로부터 신뢰하지 않으면 안 된다.
아무리 신뢰할 수 없는 자도 일단 일을 맡긴 이상 결코 그
노력이나 행동을 무시하는 행위를 해서는 안 된다.
누구든지 최대한 능력을 발휘하려면 자주와 자율의 정신
을 뒷받침해 주어야 한다. 젊었을 때 책임을 지게하고 실
패할 때마다 회복을 위해 노력하게 하면 그들은 쑥쑥 성
장해간다. 실패를 책망하는 것은 대부분의 경우, 좋은 결
과를 가져올 수 없다.

목표는 높게, 시작은 첫걸음부터

우리가 해야 할 일은 끊임없이 호기심을 갖고
새로운 생각을 시험해보고 새로운 인상을 받는 것이다.

-월터 페이터

자신감은 일상생활에서 많은 사람을 가꾸며 자신의 존재를 확인해 갈 때 얻을 수 있다. 다른 사람이 원하는 일에 관심을 가질수록, 성취 목표는 높을수록 유리하다.

자신감이 있는 태도로 모든 것이 잘 되고 있는 것을 보여주고 행동하라. 상대의 눈을 똑바로 보라. 남과 같이 있을 때는 편안한 자세와 마음가짐을 가져라. 그러면 신뢰를 얻을 것이다.

자신감의 결여, 회의, 공포를 치료할 수 있는 약은 병원에 없다. 오직 할 수 있다는 자신감만이 당신을 실패로부터 막아줄 것이다.

성공하는 사람은 이것이 다르다

승자는 책임지는 태도로 살며, 패자는 약속을 남발한다.

−유대경전

예절은 타인에게는 호감과 신뢰감을 주며 자신에게는 심리적 안정감과 자신감을 갖게 한다.

창의력과 도전 정신, 실패를 두려워하지 않는 뜨거운 열정이 성공의 필수 요소다. 성공하는 사람은 긍정적인 사고와 낙천적인 사람, 열중과 집중력이 있는 사람, 인간 관계가 좋은 사람, 전문성을 갖고 있는 사람, 감성지수가 높은 사람, 아이디어와 창의력이 있는 사람, 가정 생활이 원만한 사람 등이다.

고정관념을 버려라

아무리 힘들지라도 최선으로 여겨지는 길을 선택하라.

-피타고라스

사람의 매 순간은 선택의 시점이며 갈림길이다. 고정관념
에서 벗어날 때 우리는 더 나은 결정을 내리고 효과적으
로 문제를 해결할 수 있게 된다. 마음을 비우고 당신의 건
강한 심리 작용을 찾아라.

걱정하지 마라. 문제는 언제나 있는 것이며 인내심을 갖
고 전체를 올바르게 보는 능력을 유지하면 어떤 문제라도
쉽게 처리할 수 있다. 계획을 세우고 검토하는 것은 효과
적인 삶을 사는데 분명히 필요한 일이다. 인생의 경험은
당신이 어디에 관심을 집중하느냐에 따라 결정된다. 당신
의 선택 시점은 내면의 대화가 시작되는 바로 그 순간이
다.

인생에서 정신적 건강을 성실하게 경험하는 것보다 더 좋
은 것은 없다. 당신은 하루에도 수백 번씩 사물을 어떻게
바라볼지 결정해야 한다. 부정적인 생각을 떨쳐 버리는
것은 문제를 회피하는 것이 아니라 불필요한 생각을 무시
하는 싸움의 훈련이다.

성공하려면 희생이 뒤따른다

성공을 위한 세 가지 열쇠는 이것이다. 첫째도 끈기, 둘째도 끈기, 셋째도 끈기.

—이소룡

기업에서 성공하기 위해서는 일 또는 회사에 전심전력해야 하며 희생이 따른다. 많은 목표들은 때때로 변한다. 진로를 바꾸고 싶으면 밀고 나가라. 바꾸어라. 단 당신 자신이 당신의 인생을 책임지고 있는 사람이란 것만 명심하라. 어떤 사람이 자신만만하게 행동하고 따스한 미소를 짓고, 말할 때는 상대방 눈을 똑바로 들여다 볼 경우, 그리고 멋진 사랑을 하고 있을 경우, 당신은 아마 그가 매력 있다고 생각할 것이다.

성공을 하려는 사람은 튼튼한 건강과 끝없는 정력을 가져야 한다. 누구나 끊임없는 충만 상태를 유지할 수는 없다. 열심히 일하라. 당신의 목표를 설정하라. 호의적인 주목의 대상이 되라. 예전의 지위를 지켜라.

귀는 항상 열어 두어라

가장 불만스러워 하는 고객이 배움의 가장 좋은 원천이다.

-빌 게이츠

좌절과 곤경을 딛고 성공한 사람의 인생은 한평생 순탄하
게 제 뜻을 이루며 살아온 사람의 인생보다 훨씬 멋지다.
성공하고 싶다면 허영심을 버리고 다른 사람의 충고에 귀
기울여라. 다른 사람을 자신의 거울로 삼아라. 사람은 누
구나 이기적인 존재이기 때문이다.
당신 스스로가 이기적인 존재임을 인정한다면, 다른 사람
이 당신의 이익을 침범하는 이기적인 행위도 이해하라.
당신이 상대를 받아들이면 당신은 상대방의 마음을 얻게
된다.

달콤한 열매는 노력하는 자에게 온다

포기해야겠다는 생각이 들 때야말로 성공에 가까워진 때이다.

-밥 파슨스

낙담해 있을 때는 소리 높여 목청껏 노래를 불러라. 슬플 때는 가슴을 펴고 크게 소리내어 웃어라. 고민이 있을 때는 더 열심히 일하라. 두려울 때는 용감하게 전진하라. 우울할 때는 새 옷으로 바꿔 입어라.

자잘한 영광은 다른 사람에게 기꺼이 양보하고 묵직한 실속을 차지하라. 남보다 출중하고 싶으면 자기만의 속내가 있어야 하고 일을 예측하는 데도 총명해야 하며 사람을 대할 때도 아이디어를 강구해야 한다.

자신감은 원천

낙관주의는 성공으로 이끄는 믿음이다.

희망과 자신감 없이는 아무것도 이루어 질 수 없다.

─헬렌 켈러

멋지게 죽는 것보다 힘겹게라도 사는 게 낫다. 죽음은 실패이며 연약함의 상징이다. 최후의 승리자에게 헌화할 뿐, 중도에 기권하는 사람에게는 경의를 표하지 않는다. 앞으로 닥쳐올 뜻하지 않은 일에 대해서도 여유롭게 대처할 수 있고 자유롭게 자신을 굴신(屈伸)할 수 있다. 어두운 날도 이겨낼 수 있고 비바람이 몰아치는 날도 견뎌낼 수 있다. 뻔히 알면서도 손해를 볼 줄 알아야 한다.

성공 비결의 조건은 바로 자신감이다. 스스로 기회를 만들어 위대한 성취를 이루어내는 사람들은 분명 자신의 능력을 충분히 신뢰하는 믿음을 가지고 있다.

만약 당신이 스스로를 저열(低劣)하고 보잘것없는 존재라고 생각한다면 다른 사람들이 당신을 천시하거나 얕잡아본다고 해도 원망하지 말아야 한다. 자신감을 잃게 되는 이유는 현실적인 것과 심리적인 것이 있다.

용감한 사람이 승리한다

영웅은 다른 사람들보다 훨씬 더 용감한 것이 아니고
다만 5분 동안만 더 용감할 뿐이다.

−랄프 왈도 에머슨

힘이 비등한 사람끼리 싸울 때는 용감한 사람이 승리하고, 지혜가 비슷한 사람끼리 경쟁할 때도 용감한 사람이 승리한다.

당신은 수시로 환경의 변화에 주의를 기울이고 다른 사람들의 의견을 수렴, 사태의 발전, 방향을 판단해야 한다. 그러면 손실을 막을 수 있을 뿐만 아니라 다른 사람보다 먼저 수행해서 미리 이익을 얻어낼 수 있다.

헛되이 시간을 보내는 사람은 성공할 수 없다. "내가 가장 위대하다." 다시 한 번 소리쳐라. 성공을 이루어낸 사람들은 모두 먼저 스스로에게 자신감을 불어 넣는다.

처세를 잘하는 사람이란 바로 소인배를 잘 다루는 사람이다. 절대적인 실패와, 최후의 실패가 진정한 실패이다. 역경 속에서도 의지를 굳건히 해야 하고 어떻게 해서든 곤경으로부터 탈출해야 한다.

개성을 살려라

다른 사람들이 할 수 있거나 할 일을 하지 말고,

다른 이들이 할 수 없고 하지 않을 일들을 해라.

−아멜리아 에어하트

"착한 사람은 오지 않고 오는 사람은 모두 나쁜 사람이
다"라는 말이 있다.

인생의 정글에서 당신이 불필요한 재앙을 피하고자 한다
면 반드시 조용하게 움직이는 원리를 준수해야 한다. 약
자는 자신의 안전을 위해, 강자는 약자에게 발견되지 않
고 먹이를 잡아 먹기 위해, 모방과 보호색을 갖는다.

인생은 유한하다. 유한한 시간과 에너지로 거대한 성공을
이루기 위해서는 반드시 온 힘을 다해 노력해야 한다. 꿈
이 원대할수록 당신은 보다 더 큰 노력과 희생을 해야 한
다. 당신은 초연하게 자신의 목표를 지키면서 적막감을
참아내야 한다. 무슨 일을 하던 창조성을 발휘하라. 창조
가 힘이고 생명이다. 모방은 죽음이다. 당신은 새롭고 독
립적인 사람이 되어야 한다.

리더의 조건

나는 그저 나보다 머리가 좋은 사람들을 채용했을 뿐이다.

－록펠러

리더의 임무란 사람의 특성을 잘 파악하고 재능을 헤아려 인재를 적절히 등용하는 것이다. 그리고 적재 적소에 그 인재를 배치시켜 일을 시키는 것이다.

지금 자신의 안전이 확보되지 않는다면 미래의 이익도 있을 수 없다. 완전한 계략을 갖추어야 완전한 성공을 거둘 수 있고 완전한 성공을 거두어야 완전한 이익을 얻을 수 있다.

리더는 태산이 코 앞에서 무너져도 놀라지 말아야 하고 짐승이 옆에서 갑자기 튀어나와도 눈 하나 깜빡이지 말아야 한다. 침착한 마음과 냉정한 판단력으로 상황에 변화에 의연하게 대처한다면 리더는 그 당당한 기백으로 대중들을 사로잡고 주위의 모든 것을 손에 넣을 수 있을 것이다.

꼭 필요한 사람을 등용하라

안 좋은 직원을 고용하는 것은 뛰어난 인재를 놓친 것보다 대가가 크다.

-조 크라우스

인심을 얻는 자는 천하를 얻고, 대의 명분을 얻는 자는 많은 사람의 도움을 받으며, 만인이 저주하는 자는 까닭없이 비명횡사한다.

강함과 부드러움, 자애와 위엄을 모두 갖추고 있으면서 상황에 맞게 적절히 활용해야 한다. 어제의 적이 오늘도 반드시 적일 이유도 없고, 그 곳의 적이 여기에서도 적일 이유도 없다.

침착하게 자신을 가라앉히면 말과 행동에서 실수를 저지르지 않을 뿐 아니라 사업에서 실패하는 일도 없게 된다.

큰 욕심을 가진 자는 작은 이익을 탐내지 않고 큰 계획을 가진 자는 작은 성공을 자랑하지 않는다. 의심나는 사람은 쓰지 말고 이미 쓴 사람은 의심하지 마라.

매우 날카롭고 견고한 보검도 신발을 고치는 데는 송곳만 못하고 화려하게 수놓은 비단도 얼굴 닦는 데는 면수건만 못하다. 정확하게 인재를 사라

행동으로 옮기면 성공이 따라온다

가장 중요한 것은 당장 자리에서 일어나서 무엇인가를 하는 것이다.

—놀란 부쉬넬

성공을 쟁취하려는 사람의 최대 장애는 밖에 있는 것이 아니라 자기 자신에게 있다. 해야 할 일은 반드시 하고 하지 말아야 할 일은 절대로 하지 않는다.

노력과 지혜를 아낌없이 발휘하여 다른 사람을 도와줄 수 있어야 좋은 친구이다. 정확한 판단력과 시의적절한 행동의 선택이 필요하다.

만일 당신이 뛰어난 창조력을 가진 사람이 되고 싶고 언제나 활기차게 살고 싶다면 우선 바보가 되라. 자신의 노력으로 성공하려면 반드시 연속적인 실패의 과정을 거쳐야 하고 때에 따라서는 바보가 될 수 있어야 한다. 남을 의식하기 시작하면 한시도 자유롭지 못하고 편안하지 못하다. 행동하라. 당신이 무엇을 하고 있는지 스스로 생각하지 마라. 그저 전심 전력을 다해 그 일을 해 나가라.

기회가 오면 붙잡아라

가장 중요한 것은 기회를 잡는 것을 두려워 않는 것이다.

기억하라, 가장 큰 실패는 시도하지 않는 것이다.

-데비 필즈

어떤 사람은 수완도 있고 인격도 좋지만, 결단력이 부족해 일생을 엉망으로 산다.

강가에 서서 걸음을 떼지 못하는 사람은 영원히 그 강을 건너지 못한다. 태산처럼 견고하게 판단을 내릴 수 있으면 어떠한 감정의 방해도 그 결정을 흔들지 못하고 타인의 반대나 각종 방해공작도 그 결정을 움직이지 못한다. 만일 당신이 민첩하고 견고한 결단력을 기르지 못한다면 당신의 일생은 망망대해를 떠도는 조각배와 같다.

목표가 있어야 전진할 수 있고 적극적인 자세로 허무에 빠지지 않고 충실히 살아갈 수 있다. 어떠한 상황에도 삶에 대한 자신감은 절대 버리지 말아야 한다.

똑같은 실수를 두 번 다시 저질러서는 안 된다. 어떤 일을 할 때 다른 사람보다 한 발 먼저 움직이려면 다른 사람보다 신속하게 미래의 동태를 파악해야 한다.

충분하게 준비한다면 기회가 왔을 때 그것은 당신의 것이 될 것이다.

기회는 남이 주는 게 아니다

지난 실수를 잊어라. 실패도 잊어라. 자신이 할 것을 빼놓고 전부 잊어라.
그리고 그 할 것을 실행하라.

−윌리엄 듀런트

일을 할 때 주도적인 태도를 가지고 대열의 선두에 서라.
감히 앉아서 기회가 오기만을 기다리지 말고 원하는 기회
를 직접 만들어라.

좋은 일을 생각하면서 스스로 격려하라. 현재의 고난은
언젠가 지나갈 것이며 밝은 미래가 기다린다. 스스로 열
심히 일한다면 열악한 환경도 개선되고 이득이 온다. 새
로운 생각을 받아들이고 반대 의견을 참고하여 유용한 자
료로 삼자.

옛 것이라고 무조건 배척하지 말고 더 좋은 결과를 찾아
라. 시시각각 변화하는 상황을 민감하게 파악할 감각을
키우고 다양한 정보를 수집하고 분석하라. 풍부한 창의력
덕분에 당신은 항상 새로운 아이디어를 생각해 낼 것이고
동료와 상사로부터 신임을 받을 것이다.

실패는 그냥 실패가 아니다

성공은 최종적인 게 아니며 실패는 치명적인 게 아니다.
중요한 것은 지속하고자 하는 용기다.

−윈스턴 처칠

기회는 스스로 만들어야 한다. 고난을 감당하지 않고서는
기회를 만들어 낼 수 없다. 마음속의 고난이 클수록 성공
의 기회도 많아진다.

직접 자신의 성공을 이룬 사람은 남을 탓하지도, 운명을
비관하지도 않는다. 실패에서 얻은 교훈을 바탕으로 적절
한 때가 되면 용감하게 다시 일어난다.

몽상은 성공의 출발선이고 결심은 출발을 알리는 총성이
다. 긴장하지 마라. 시간이 지나면 실망감은 줄어들며 지
혜와 체력은 회복된다. 편안하게 기다려라.

사람은 누구나 실패와 좌절도 경험한다. 실패와 좌절을
치유키 위해 시간을 우회하는 것은 결코 낭비가 아니다.
자신의 마음속의 나침반에 의지하는 것이다.

작게 시작하라

산을 움직이려 하는 이는 작은 돌을 들어내는 일로 시작한다.

─공자

작게 시작하라. 결코 서두르지 말고 정확하고 분명하게 기초를 닦아라. 당신의 첫 번째 과정이 성공했을 때, 두 번째의 과정으로 확대하라. 그리하여 지속적으로 꾸준히 성장하라.

당신은 이제 작은 것부터 시작한다는 것을 잊지 마라. 계획은 되도록 굳고 단단하게 세워라. 그리하여 성장에 더욱 박차를 가하라. 기초를 굳게 다지는 원리를 무시하면 당신의 계획은 목표에 도달하기도 전에 곧 무너지고 말 것이다.

당신은 이제 게으름의 잠에서 깨어나라. 활기 있게 움직여라. 게으름의 선을 용기 있게 끊어라. 무능과 무력함의 쇠사슬을 끊고 망설임의 늪에서 나와라. 당신의 계획을 지금 바로 행동에 옮기기로 결심하라. 시작하라. 전진하라. 당신이 해야겠다고 생각하는 그것을 지금 바로 하라.

한꺼번에 완성을 기대하지 마라. 한 번에 돌 한 개씩을 부수어서 점점 크게 헐어라. 적극적인 사고를 가지고 모든 일에 적극적으로 행동하라.

물을 거슬러 올라가는 물고기처럼

계속 노력해야 한다. 우리는 모두 성장하고 있다. 지름길은 없다.

방문객을 확보하려면 시간을 들여야 한다.

−존 그루버

물위에 뜬 나무 조각은 물이 흐르는 대로 흘러갈 뿐이지
만 생명력이 있는 물고기는 그 물을 거슬러 올라간다.
그렇듯 인간도 도전과 응전을 겪었을 때, 그때는 힘들겠
지만 사회와 역사를 창조하는 밝은 별이 될 수 있도록 노
력해야 할 것이다. 또한 사람은 자기가 심은 것만큼 거둔
다. 심지 않고는 거둘 수가 없다.
쉬지 않고 걷는 자만이 산의 정상에 도달할 수 있다. 부단
히 노력하는 자만이 승리의 왕관을 차지할 수 있는 것처
럼.

이 세상에는 위대한 인간이란 없다. 단지 보통 사람들이 있을 뿐이다. 차이가 있다면 현명한 사람은 조금이라도 높은 목표를 세우고 조금이라도 위대한 꿈을 꾸며 완전한 성공은 못할지라도 그것에 가까운 것을 지향한다는 것이다.

희망의 산을 오를 수 있는 사람

신은 우리가 성공할 것을 요구하지 않는다. 우리가 노력할 것을 요구할 뿐이다.

−마더 테레사

현실과 이상의 사이에서 고민만 하고, 이상을 향해 나아가려는 오기와 노력 없이 쉽게 포기해 버리는 친구들을 보면 무척 안타깝다.

세상을 너무 낙관적으로 보아 낭만주의에 빠져들어서도 안 되겠지만 비관적으로 흘러 허무주의의 무기력한 삶을 살아서도 결코 안 된다.

따라서 황무지에서 장미꽃이 필 수 있다는 희망과 그 희망을 실현하기 위해 수반되어지는 자기희생적 각오도 마다하지 않고 힘찬 걸음을 내딛는 사람만이 희망의 산을 오를 수 있다.

링컨 어록이 주는 의미

늘 명심하라. 성공하겠다는 너 자신의 결심이 다른 어떤 것보다 중요하다는 것을.

―에이브러햄 링컨

데비크 로켓은 아주 간단한 좌우명을 가지고 있었다. "자신이 옳다고 확신하라. 그리고 계속 전진하라."

사람들은 누구나를 막론하고 크게 성공하여도 비난에 직면하게 된다.

처칠은 자기 집무실에 "나는 내가 할 수 있는 한 최선을 다하고 있다. 그것은 내가 계속 전진하고 있다는 것을 의미한다. 만일 일의 결말이 내가 옳다는 것을 증명해 주면 나를 반대한 비난의 말들은 별 문제가 되지 않을 것이다. 만일 내가 틀린 것으로 판명이 난다 할지라도 내가 옳았다고 말했던 사람은 역시 변함없이 계속해서 내가 옳다고 여길 것이다." 라는 링컨의 어록을 담은 액자를 걸어놓고 일했다.

비난을 두려워하지 말고 자신이 진정으로 옳다고 믿는 바를 꿋꿋이 행하면 정상에 도달할 것이다.

자신감은 성공의 원동력

인생에서 성공하는 이는 꾸준히 목표를 바라보며 한결같이 그를 좇는 사람이다.

그것이 헌신이다.

−세실 B. 드밀

자신감은 성공의 원동력이요, 승리의 비결이다.

자신감의 반대는 패배감이요, 좌절감이요, 열등감이다.

자신감을 갖는 사람은 두려움이 없다. 하고자 하는 의욕
이 넘쳐나고 할 수 있다는 신념이 넘친다.

자신감이 있는 얼굴은 생기가 있고 눈에 정기가 빛나고
팔다리에 기운이 넘치고 걸음걸이도 매우 씩씩하다. 따라
서 세상에 신념처럼 무서운 힘이 없다.

자신감의 핵심은 "나는 그것을 할 수 있다." 라고 자신에
게 긍정적 암시, 적극적 암시, 능동적 암시를 주는 것이다.

자신감이 없는 사람은 자기가 자기에게 부정적 암시, 패
배적 암시를 준다. 우리는 남에게 열등감을 심어 주지 않
아야 하고, 오로지 타인에게 자신감을 심어 주도록 노력
해야 한다. 뜻이 있는 곳에 길이 있다. 의지가 있는 곳에
노력이 있고 노력이 있는 곳에 승리가 있다.

가장 중요한 것은 자기가 세운 목표에 용감하게 도전하는
것이다. 목표와 신념과 도전, 이것이야말로 성공과 승리
의 원동력인 것이다.

오로지 한가지만

당신이 하고 있는 일에 온 정신을 집중하라!
햇빛은 한 초점에 모아질 때 불꽃을 내는 법이다.

—알렉산더 그레이엄 벨

무엇인가 일을 할 때는 그것이 어떠한 일이든 오직 그 일에만 집중하는 것이 중요하다. 이것은 일뿐만 아니라 휴식이나 놀이를 할 때도 마찬가지다.

어느 쪽도 열심히 할 수 없는 사람은 어느 쪽으로도 나아가지 못하고 어느 쪽으로부터도 만족감을 얻지 못할 것이다. 파티나 회식의 석상에서 수학문제를 풀려 하고 있다고 상상해 보라. 그런 사람과 함께 있어도 전혀 즐겁지 않을 것이고 또 모인 사람들 가운데서 유달리 초라하게 보일 것이다.

한 번에 한가지 일만을 하면 시간은 충분히 있고 여러 가지 일을 할 수도 있다. 그렇지만 한 번에 두 가지 세 가지 일을 하려고 한다면 열의는 있어도 시간이 모자라 결국엔 아무 일도 하지 못한다.

다른 일에 정신을 팔지 않고 한가지 일에만 확실히 집중할 수 있는 것은 대단히 중요한 일이다. 무슨 일이건 성공하려면 한가지 일에만 전심전력을 쏟을 일이다.

작은 것의 소중함

작은 규모로 머물러 있는 것이 나쁜 것은 아니다.

작은 팀으로도 얼마든지 큰 것들을 할 수 있다.

－제이슨 프라이드

세상에는 하찮은 일로 일년 내내 바쁘게 사는 사람이 있다. 그들은 무엇이 중요하며 무엇이 중요하지 않은가를 모른다. 그리하여 중요한 일에 소비해야 할 시간과 노력을 시시한 일에 쏟아버리고 있는 것이다. 그런데 똑같이 하찮은 일이라도 그것이 없으면 호감을 살 수도 없고 사람을 즐겁게 할 수도 없는 것이다.

그런 것은 성공하기 위하여 지식이나 식견을 넓히고 훌륭한 태도를 몸에 익히려고 생각하는 것과 마찬가지로 아무리 사소한 일이라도 노력하여 몸에 익히도록 하는 것이 중요하다.

조금이라도 해볼 가치가 있다고 생각되는 것은 훌륭하게 성취할 만한 일이다. 그리고 훌륭하게 성취하기 위해서는 무엇보다도 먼저 그것에 주의를 기울이지 않으면 안 된다. 그러므로 성공을 하기 위해서는 사소한 일에까지 신경을 쓰도록 해야 한다는 것을 명심해 두기 바란다. 작은 일을 소홀히 하지 않는 사람만이 반드시 크게 성공할 수 있다.

능력보다 정열로

성공이란 열정을 잃지 않고 실패를 거듭할 수 있는 능력이다.

－윈스턴 처칠

인생의 성공은 능력보다 정열에 좌우되는 경우가 많다. 많이 배운 사람도, 또 많은 재능을 가진 사람도, 훌륭한 삶의 배경을 가진 사람도 성공을 못하는 경우를 우리는 주위에서 얼마든지 볼 수 있다.

따라서 인생최대의 승부는 결국 열정에서 판가름 된다. 지칠 줄 모르는 삶의 열정, 타인의 어설픈 평가에 초연할 수 있는 대담성, 무쇠 같은 강인한 체력, 피곤을 모르고 달려가는 자기 창조와 넘치는 집념, 결코 두려움과 타협할 줄 모르는 멋있는 용기이며 아울러 세상에 버릴 물건이 없듯 쓸모 없는 사람도 없다고 외치며 시간이 갈수록 세월이 갈수록 무섭게 사람을 사랑하는 그 놀라운 삶의 정열 이것이야말로 이 시대를 성공적으로 살아가는데 꼭 필요한 것들이다.

배움에 대한 열정을 가져라

성공을 원한다면 많은 것들과 친해져야 한다. 인내심은 당신의 소중한 친구로,
경험은 친절한 상담자로, 신중함은 당신의 형제로,
희망은 늘 곁에서 지켜주는 부모님처럼 친해져야 한다.

—에디슨

무에서 유에 이르는 것, 알지 못함에서 앎에 이르는 것을
배움이라 한다. 그러나 무에서 유에 이르는 것은 혼자서
는 불가능하다. 반드시 누군가의 가르침을 받아 배운 후
에야 유에 이를 수 있으며, 모름에서 앎에 이르는 것 또한
혼자서는 안 되는 것이다.

배워서 유와 앎에 이르고 선에 머문다면 타고난 기질이
변화하여 성인도 될 수 있고 현인도 될 수 있다. 사람에게
는 재질의 맑음과 탁함의 구분이 있고 배움에는 정성과
게으름의 구별이 있으니 마땅히 가장 안락하고 자신에게
적당한 곳에 뜻을 세우고 열성으로서 쉬지 않고 배워나가
면 반드시 성공할 것이다.

칠전팔기로 성공하라

나는 젊었을 때 10번 시도하면 9번 실패했다. 그래서 10번씩 시도했다.

–조지 버나드쇼

 칠전팔기란 끝까지 참고 견디는 '큰 힘'이라고 할 수 있다. 성공과 승리란 하루아침에 이루어지는 것이 아니기 때문이다. 공든 탑은 결코 무너지지 않는다는 신념을 가지고 무슨 일이든지 공들여 쌓아야 한다.

우리들의 앞길에는 험한 시련의 산도 있고 건너야 할 깊은 시련의 강도 있을 것이다. 인생은 평탄한 산만 있는 것이 결코 아니며 갑자기 폭풍우를 만날 수 있다. 그러나 칠전팔기의 정신만 있으면 산과 들에서 시련의 비바람을 견디면서 자라나는 거목처럼 생명력이 강하게 되며 좋은 재목으로 성장할 수 있다. 칠전팔기의 정신은 강한 힘이요, 지구력이요, 성공과 승리요, 행복의 길이다.

아름다운 도전

<blockquote>
우리의 최대의 영광은 한 번도 실패를 안했다는 것이 아니고,

넘어질 때마다 일어나는 점에 있다.

-골드 스미스
</blockquote>

신념을 가지고 사는 사람에겐 행복이 찾아들게 마련이다.
또한 입으로만 떠들지 않고 실행해 나간다면 그곳에서 진
정한 삶이 시작된다.

'오늘이여! 오라. 오늘이라는 날을 즐거운 날로 만들어 주
겠다' 라든지, 태양이 가라앉고 스쳐지나가는 그날 하루
를 되돌아볼 때 '정말 멋진 하루였구나' 하고 회고할 수
있을 때는 대개의 경우 자신의 노력이 결실을 맺었다고
인정해도 좋을 것이다.

사람들이여, 최초의 도전이 실패하더라도 끊임없이 전진
해야 한다. 두 번, 세 번, 여섯 번 그리고 일곱 번 도전을 되
풀이하면 우리를 좌절케 하는 장벽은 기필코 무너지고 말
것이다.

목표를 높이 정하라

오랫동안 꿈을 그리는 사람은 마침내 그 꿈을 닮아간다.
-니체

신념이 없는 사람은 인생의 뚜렷한 목표를 가질 수가 없
다. 그들은 아무런 계획도 세우지 않고 인생을 아무렇게
나 살아간다. 또 목표 설정을 게을리한다.

극히 손쉬운 것을 목표로 정한다면 누구든지 쉽게 달성할
수가 있다. 그러나 실제로 낮은 목표를 세우는 사람은 거
의 아무것도 얻을 수가 없는 것이다.

가슴에 품은 꿈의 크기는 그 사람의 인물의 크기를 결정
한다. 그러나 이 세상에는 위대한 인간이란 없다. 단지 보
통 사람들이 있을 뿐이다. 차이가 있다면 현명한 사람은
조금이라도 높은 목표를 세우고 조금이라도 원대한 꿈을
꾸며 완전한 성공은 못할지라도 그것에 가까운 것을 지향
한다는 것이다.

시작은 작은 것부터

시작은 모든 것의 절반이다.

―플라톤

인생은 평탄한 대지가 아니라 험준한 피라미드다. 인생은 보도를 걷는다기보다는 사다리를 기어오르는 것에 가깝다는 것을 우리들은 익히 보아 왔다. 얕은 여울을 건너고 나면 차츰 깊은 웅덩이가 나타나는 것이다.

인생에 있어서 많은 것을 기대하는 사람은 발걸음을 계속 재촉하지 않으면 안 된다. 태산조차도 움직일 굳은 결심을 했다면 우선 걷기부터 시작하지 않으면 안 된다.

사람들의 선두에서 뛰어난 지도자가 되려면 지도자는 누구보다도 먼저 의자에서 일어나 '자, 모두들 출발하자.'고 모범을 보이지 않으면 안 된다.

진정한 성공의 조건

무슨 일이든 할 수 있다고 생각하는 사람이 해내는 법이다.

−정주영

인생에서 의미 있는 일을 하고 싶으면 우선 뚜렷한 목표를 설정하라. 그 다음에는 무엇이 필요할까?

많은 사람들은 '노력'이라고 대답하지만 노력해도 성공하지 못하는 사람들이 얼마든지 있다. 따라서 노력은 절대로 필요한 것이지만 그렇다고 노력만으로는 성공할 수가 없다. 그렇다면 무엇이 결여되어 있는가?

첫째는 정열이다.

정열이 없으면 노력해도 신통한 성과를 얻을 수가 없다.

둘째는 신념이다.

신념이야말로 '불가능'을 '가능'으로 바꾸는 신비한 힘을 갖고 있다. 보통 사람들은 그것을 기적이라고 부르지만 사실은 노력과 정열과 신념이 함께 한다면 이른바 기적은 필연적으로 일어나는 것이다.

유혹에 강해지기

유혹에 이끌려 어떤 일을 결정하면,

결국 후회와 뒤죽박죽이 된 현실에 부딪히게 된다.

-토마스 레오나드

사람의 성공을 가로막는 가장 무서운 적은 유혹이라는 것
이다. 수많은 사람이 성공의 문턱에까지 왔다가 유혹을
뿌리치지 못해 그 속으로 빠져들거나 아니면 성공의 고지
를 점령하는 일이 지연되어 버리는 일들이 허다하다. 당
신은 성공을 위해서 유혹을 거절하는 요령을 배우도록 하
라. 그리고 하나씩 승리하는 경험을 쌓도록 하라. 한가지
씩의 유혹을 이길 때마다 당신의 성공은 다가오고 있다는
사실도 명심하라.

시작은 한걸음부터

작은 일도 목표를 세워라. 그러면 반드시 성공할 것이다.

—슐러

목표가 있는 삶이란 자기 자신이 설정할 수 있는 일을 자기 스스로가 찾기를 간절히 바라는 것이다.

가는 길이 아무리 멀고 험하다고 할지라도 우리는 한걸음 한걸음씩 앞으로 나아가야만 된다. 우리는 일생 동안 노력해도 목표를 다 성취하지 못할 때가 많다. 그렇지만 최종목표에 도달하지는 못한다 해도 일생 동안 그 목표를 향해서 최선을 다 한 것만으로도 보람된다 하겠다.

다만 큰 목표는 단숨에 성취되는 것이 아님을 알아야한다. 수만 리 먼 곳의 목표도 아주 작은 걸음부터 시작된다는 것을 잊지 말자.

스스로 판단하는 능력

가장 용기 있는 행위는 스스로 판단하여 결정하는 것이다. 자기 소리를 내면서.

-코코 샤넬

성공을 하려면 우선 선택의 기회를 넓게 가질 수 있도록 노력해야 한다. 선택의 폭이 좁으면 성공을 보장해 줄 수 있는 판단의 기회도 그만큼 줄어들기 때문이다.

다음으로는 자신 스스로가 올바른 판단을 내릴 수 있는 힘을 길러야 한다. 아무리 좋은 기회가 주어지더라도 잘못된 판단을 내린다면 모든 게 허사가 되어 버리기 때문이다. 그렇다고 남이 그것을 대신해 줄 수도 없다. 스스로 판단해야 한다.

올바른 판단을 내릴 수 있도록 하기 위해서는 도와주는 많은 조언자를 갖기 바란다. 가슴을 열고 대화를 나누는 조언자가 많을수록 성공의 확률이 크기 때문이다.

너그러운 마음

가장 많이 용서하는 사람은 가장 많이 용서함을 받을 사람이다.

-조시아 베일리

마음이 좁은 자는 언제나 자기 중심적으로 모든 것을 생각하기 때문에 남을 용납할 여유가 없다.

관용은 남이 나에게 감정을 가지고 대해올 때에도 선으로 대해주며 남이 나에게 손해를 끼칠 때에도 참고 유순한 태도로 대하는 것이다.

오른 뺨을 치는 자에게 왼 뺨을 대주는 것이 관용이며, 억지로 오리를 가기 원하는 자에게 십리 길을 동행해 주는 것이 관용이다. 그러나 이것은 인간 생활에 있어서 가장 어려운 일이다. 그러면서도 성공의 비결이다.

실패를 인정하고 다시 시작하라

오직 크게 실패를 할 용기가 있는 사람만이 크게 이룰 수 있다.

-로버트 F. 케네디

적을 알고 나를 알면 싸움에 이긴다고 했다. 나의 목표가 확실한 이상 지금의 내 위치 역시 그 목표에서 어느 방향으로 얼마만큼 멀리 떨어져 있는가를 알아야 한다.

무조건 죽을힘을 다해 달렸다고 해서 모두가 원하는 목표에 도달하는 것은 아니다. 목표를 향해 달리는 중간 중간에 나의 약점을 알아내서 보완하고 나의 모자람을 보충해가면서 그 모자람이 부끄럽더라도 그 부끄러움에 그치지 않고 꾸준히 달려간다면 분명히 목표에 이를 수 있을 것이다.

실패가 두려워 미리 포기하고 비켜 가는 한 결코 성공의 길에 들어설 수는 없다. 한 번의 실패를 겪은 후라도 다시 일어서서 시작할 수 있는 사람만이 성공할 수 있다.

4장

>>> 행복 <<<

행복한 사람은 사랑한다고 말하는 것을
내일까지 미루지 않는다. 매 순간에 열중
하면 그 순간 풍성한 경험을 얻을 수 있
다. 매일을 마지막 날처럼 산다면 막상
그날이 왔을 때 후회하지 않을 수 있다.

행복은 마음먹기 나름

행복은 우리 자신에게 달려있다.

−아리스토텔레스

만족에 대하여 스스로 책임감이 있는 자는 주인이요, 책임감이 없는 자는 나그네다. 겉만 보고 실제의 가치를 놓쳐서는 안 된다. 반짝인다고 모두 금이 아님을 깨닫자.

행복과 불행은 마음먹기에 달려 있다. 자족하는 비결을 배우라. 몸에 한 가닥 실오라기를 감았거든 항상 베 짜는 여인의 수고를 생각하고 하루 세끼의 밥을 먹을 땐 농부의 노고를 생각하라. '감사합니다.' '고맙습니다.' 이 한마디 말은 인정에 메마른 회색빛 세상을 아름답게 색칠하는 무지개빛 크레파스가 될 것이다.

자신이 꼭 하고 싶은 일을 찾아서 곁눈질하지 않고 완전히 몰입한 모습은 얼마나 아름다운가. 무슨 일을 할 때 무조건 하지 말고 슬기롭게 잘 판단하고 실행하도록 하자. 무식한 자의 열심만큼 황당한 것은 없다. 지혜로운 자가 되자.

받는 것보다 주는 것이 더 큰 행복

우리는 자신이 행복한 만큼

다른 사람들도 행복할 수 있도록 해주는 방법을 잘 모른다.

—아서 헬프스

진실로 이웃을 위하는 마음을 가지고 대하면 이웃과의 사이는 저절로 좋아진다. 남의 행복을 바라는 것이 자기의 행복을 구하는 길이다.

우리 사회에 꼭 필요한 사람은 남에게 불쾌한 기분이나 불편을 느끼게 하는 말과 행동을 스스로 삼가고 남을 기쁘고 즐겁게 할 수 있는 사람이다.

은혜를 저버리고 은덕을 잊어버리는 배은망덕은 사람으로서 가장 부끄러운 일이다. 은혜를 모르면 어찌 인간이라 부르랴. 우리는 자기 몫에 얼마나 최선을 다했느냐가 중요하다. 모두가 일등을 하고 상을 받을 수 있다.

남의 인생만 쳐다보지 말고 나의 인생에 최선을 다하자. 매일매일을 하루같이 자신을 각성시켜라. 커다란 성공에는 오랜 시간과 각고의 고생과, 많은 땀방울과, 노력이 필요하다.

만족의 나무에서 행복의 꽃이 핀다

행복의 비결은 포기에 있다.

−앤드류 카네기

첫 단추를 잘못 끼우면 마지막 단추까지 잘못 끼운다. 1분을 중시하면 한 시간은 저절로 충실해진다.

진정 내 탓으로 돌릴 줄 아는 아량과 상대를 이해하고 용서하는 태도가 필요하다. 나의 행동이 주위 사람들에게 기쁨과 즐거움을 준다는 생각으로 생활한다면 모든 일이 즐겁고, 이 즐거움은 좋은 결과와 만족을 안겨 줄 것이다. 만족의 나무에서만 행복의 꽃은 피어 난다. 고정 관념을 가진 사람치고 훌륭한 업적을 남기거나 성공한 사람은 없다. 작은 길, 좁은 곳에서는 한 걸음 멈추어 남이 먼저 지나가도록 하고, 맛있는 음식은 남에게 사양하여 맛보게 하라. 그 순간에는 손해 같지만 더 큰 이익이 돌아온다. 순간의 실수가 큰 사고를 일으킬 수 있다. 항상 여유를 가지고 생활하라.

행복은 과정 그 자체

행복은 여정이지, 목적지가 아니라는 점을 기억하라.

—로이 M. 굿맨

마음을 발산하자. 그러나 건설적으로 발산하는 지혜를 갖자. 단순하고 아름다운, 상대방을 배려해서 하는 이야기가 가장 좋은 대화이다. 인간이란 믿고 의지할 존재가 아니라 용서해 주고 사랑해 주어야 할 존재다. 왜냐하면 실수를 하는 존재이기 때문이다.

행복의 비결은 결과를 기다리는 데 있는 것이 아니라 과정 그 자체를 맛보는 데 잇다.

하급 인생은 받기만 하는 사람, 중급 인생은 주고 받는 사람, 상급 인생은 주고 받을 생각조차 안 하는 사람이다.

성숙한 인간이란 화를 잘 조절하는 사람이다. '고생이 약'이라는 말도 있고, '귀여운 아이는 빈손으로 여행을 시키라'라는 말도 있다.

승리자가 되려면 위험하게 보이는 높은 곳에 올라가야 한다. 위험한 그 곳, 어렵고 두려운 그 곳, 죽었구나 생각되는 그 곳이 승리를 위한 다이빙대이다.

행복한 일만 생각 하면 행복진다

대부분의 사람들은 자신이 마음먹은 만큼만 행복하다.

—에이브러험 링컨

하루만 행복하려면 이발을 하라. 일주일 동안 행복하려면
결혼을 하라. 한 달 동안 행복하려면 차를 사고, 한 해를
행복하려면 새 집을 지어라.

평생을 행복하려면 정직하라. 정직한 것만큼 풍부한 유산
은 없다. 정직은 가장 좋은 정책이며, 가장 오래 가는 행복
이다. 그러므로 정직한 사람은 신이 창조한 가장 기품이
높은 작품이다. 행복한 일을 생각하면 행복해진다. 무서
운 일을 생각하면 무서워지고 질병을 생각하면 병이 든
다. 실패에 대해 생각하면 실패한다. 자기 스스로 불쌍히
생각하면 불쌍해진다.

마음먹기에 따라 차이가 난다. 항상 긍정적으로, 적극적
으로, 희망적으로 생각하는 마음을 갖자.

자신의 죽음까지도 초월하는 행복

잘 보낸 하루 끝에 행복한 잠을 청할 수 있듯이
한 생을 잘 산 후에는 행복한 죽음을 맞을 수 있다.

─레오나르도 다빈치

썩은 나무에는 조각할 수가 없고, 거름흙으로 쌓은 담장에는 흙손질할 수가 없다.

혼례는 사치한 것보다는 차라리 검소한 것이 낫고, 장례는 잘 치르기보다는 차라리 슬퍼하는 것이 낫다.

오직 순수한 사람만이 남을 좋아할 자격과, 미워할 자격이 있다.

부끄러운 것은 오직 양심을 따라서 살지 못하고 진실하게 살지 못할 때이다. 최고의 행복은 자신의 죽음까지도 초월할 수 있는 정신적 차원에서 터득된다.

평생 동안의 걱정거리는 있지만 하루 아침의 걱정거리는 없다. 진리에 따르는 사람은 남과 내가 한마음이 되는 세계의 지시에 따라서 사는 삶이므로 남과 경쟁하지 않고 늙고 병들고 죽는다고 하는 현상이 나타나지 않는다.

죽을 때 죽는 것은 아름다운 것이다.

웃으세요

모든 행동이 항상 행복을 가져다주는 것은 아니다.

그러나 행동하지 않는다면 행복도 없다.

−벤자민 디즈레일리

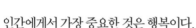

인간에게서 가장 중요한 것은 행복이다.

개인적으로 모든 갈등과 집착에서 벗어나 화락하고 조화로운 삶을 살 수 있게 되고 동시에 다른 사람들도 갈등과 집착에서 벗어나게 하여 모두가 화합하는 갈등없는 세상을 이룩하는 것이다.

미소란 '나는 당신을 좋아합니다. 당신 덕분에 나는 행복합니다. 당신을 만나 기쁩니다.' 란 무언의 신호이다.

행복은 어떤 여건에 의하여 만들어지는 것이 아니라 행복을 원한다면 행복만 생각하라. 오늘 이 시간부터 미소의 주인공이 되어라. 그러면 성공인이 되고 행복의 주인이 될 것이다.

행복으로 가는 길은 없다.

행복은 미덕의 보상이 아닌, 미덕 그 자체다

-스피노자

인간에게 가장 큰 영향을 미치는 것은 심각한 정신 질환이 아니라 우리 사회에 만연한 불안감과 불행감이다. 모든 행동의 근본은 생각이다.

인생은 내 마음대로 되지 않는 것 투성이다. 다른 사람들과 그들의 선택, 사고, 결정, 고통, 고난 등 내가 컨트롤할 수 없는 것이 너무나 많다. 그러나 이것이 나의 인생이니 나는 무슨 일이 있더라도 행복해지고 말겠다.

행복하려면 행복해지기 위해 치러야 할 도전과 의무를 기꺼이 받아들여야만 한다. 따라서 부족한 것에 집착하는 대신 우리가 이미 가지고 있는 것에 관심을 기울여야 한다. 행복으로 가는 길은 없다. 행복 그 자체가 길이기 때문이다. 느낌은 생각에 따라 달라진다. 나의 감정을 만드는 것은 언제나 나의 생각이다.

당신의 인생은 당신 거

기쁨은 사물 안에 있지 않다. 그것은 우리 안에 있다.

-리하르트 바그너

당신이 생각하는 것들은 스스로 만들어낸 것이다. 또한 그런 생각으로 당신을 화나게 만드는 사람도 당신 자신이다. 당신의 생각은 단지 생각일 뿐이고 현실이 아니라는 것도 깨닫는다면 우울한 생각들을 단호하게 떨쳐 버릴 수 있다.

행복한 사람은 인생의 과정에 몰입해 매 순간 하는 일에 전념한다. 당신의 느낌은 당신의 생각에 의해서 결정된다는 걸 기억하라. 부정적으로 생각할수록 더욱 안 좋은 느낌에 사로잡힌다.

우리들의 삶에는 꿈과 생각, 창조성, 직관력, 상식, 지혜 등과 같이 눈에 보이지 않는 신비한 것들이 무수히 많다. 건강한 심리작용은 모든 것이 좋게 보이고 인생이 단순해 보이며 지각이 정상일 때 느낄 수 있는 감정이다.

건강한 심리 작용은 어떤 불행이라도 이겨낼 수 있게 한다. 또한 당신이 삶을 살아감에 있어서 매 순간 최선을 다하도록 도와준다. 행복은 마음의 상태일 뿐 환경이 아니다.

지혜는 깨달음

어리석은 자는 멀리서 행복을 찾고, 현명한 자는 자신의 발치에서 행복을 키워간다.

－제임스 오펜하임

행복은 찾아 나서는 게 아니라 당신 안에 이미 존재한다는 사실을 깨닫는다면 비로소 행복해지는 방법을 배울 수 있다. 지혜는 깨달음이며 당신도 이미 여러 번 경험한 바 있는 직관적인 느낌이다. 지혜는 당신의 모든 삶에 존재한다. 지혜는 낡은 관습을 버리고 새롭게 사물을 바라보는 것이다. 지혜를 발견하면 습관적이고 고정된 생각의 패턴에서 벗어나 당신 자신을 행복한 삶과 내적 평화 속으로 떠나보낼 수가 있다.

지혜는 당신의 내적인 깨달음이다. 진정한 정신적 건강이며 평화로운 상태의 마음이다. 만일 진심으로 행복해지고 싶다면 부정적인 느낌에 초점을 맞추지 마라. 자신들의 생각을 스스로 못마땅하게 생각하는 인생 수리공들은 절대 만족할 줄을 모른다. 당신의 생각이 사람에게 어떤 영향을 미치는지 이해한다면, 지금 이 곳 이 순간을 행복하게 만들 수 있을 것이다.

행복한 사람은 매 순간 열중한다

현재를 사는 법을 배우는 것은 기쁨의 행로의 일부다

-사라 밴 브레스낙

우울하지 않은 삶을 사는 비결 중 하나는 조급한 느낌을 없애는 것이다. 조급함을 해결하기 위해서는 현재를 최우선으로 생각하면 된다. 현재에 충실한 사람은 누구든 용서하며 자유롭게 인생을 즐길 줄 안다.

행복한 사람은 자신이 하는 일이 무엇이든 모든 관심을 현재에 둘 줄 안다. 당신이 느낄 수 있는 어떤 만족감도 뒤로 미루지 말라. 지금 실컷 느끼고 즐겨라. 가능한 한 지금 이 순간을 살도록 노력하라. 무슨 일을 하게 되든 최선을 다하라. 모든 걱정은 시간과 에너지를 낭비하는 것 뿐임을 명심하라.

행복한 사람은 사랑한다고 말하는 것을 내일까지 미루지 않는다. 매 순간에 열중하면 그 순간 풍성한 경험을 얻을 수 있다. 매일을 마지막 날처럼 산다면 막상 그날이 왔을 때 후회하지 않을 수 있다. 당신은 매 순간을 우아하게 감사하면서 최선을 다해 살아야 한다.

행복은 밖에 있는 것이 아니다

오늘을 자신의 날이라고 말할 수 있는 사람은 홀로 있어도 행복하다.

—존 드라이든

만족한 마음에 조건은 달지 마라. 우리 모두는 익숙해진 것을 대할 때 마음이 편안하다. 버릇을 잡으면 행복이 잡힌다. 감사하는 마음을 갖는 연습을 시작하면 당신도 행복해질 수 있다.

당신은 생각을 만들어낼 필요가 없고 생각에 억눌릴 필요도 없다. 생각은 왔다가 사라진다. 강물이 나뭇잎을 나르듯이 당신의 마음은 끝없이 생각들을 공급한다. 삶의 매 순간이 선택의 시점임을 이해할 때 당신은 게임에서 승리할 수 있다. 당신은 선택할 수 있고 그 선택에 책임을 져야만 한다.

당신이 현재를 살기 시작할 때 당신은 게임에서 승리할 수 있다. 미래와 과거는 생각일 뿐이며 당신은 지금 현재를 살고 있다. 인생을 현재에서 살아라. 그리고 지금 가진 것에 감사하라. 현재야말로 당신이 정신적 건강과 행복을 찾아야 할 곳이다.

행복하려면 하고 싶은 일을 하라

좋아하는 일을 하는 것은 자유요, 하는 일을 좋아하는 것은 행복이다.
－프랭크 타이거

자연이 있고 맑은 공기가 있어 행복하다. 인간의 창조적 직업은 자발성에서 시작된다. 소중한 일을 먼저 하자. 자기가 하고 싶은 일을 하면서 사는 것이 행복한 삶이다.

하고 싶은 일을 하는 사람들에게는 일이 곧 놀이이다. 하고 싶은 일을 잘하기 위해서도 자제력과 절제가 필요하다. 작은 일들에 충실하자.

앞길에는 험한 시련의 산도 있고 건너야 할 깊은 시련의 강도 있을 것이다. 실패도 있고 절망과 슬픔도 있을 것이다. 인생은 평탄한 길만 있는 것이 결코 아니며 갑자기 거센 폭풍우를 만나기도 한다. 그러나 칠전 팔기의 정신만 있다면 산과 들에서 묵묵히 비바람을 견디면서 자라나는 거목처럼 생명력이 강하게 되며 좋은 재목으로 성장할 수 있다. 칠전 팔기의 정신은 강한 힘이자, 지구력이며 성공과 승리요, 행복의 길이다.

자연에서 행복을 발견하라

가장 행복한 사람은 특별한 이유 없이도 삶을 즐길 줄 아는 사람이다.

−윌리엄 랄프 인지

자연 질서 안에서의 겸허한 삶, 자연과의 일체감 속에서 사는 삶이야말로 가장 인간적인 삶이다. 영감을 불러일으키고 인간적인 삶이 가능한 도시 공간은 창의적이고 행복한 인간을 만들어낸다.

삶과 삶의 수단은 모두 의미와 목표를 가지고 깊고 즐겁게 사는 일과 자신을 넘어서는 더 큰 공동체에 기여하고 있다는 느낌을 가지고 사는 일에 관련된 것이다.

새로운 삶을 추구하는 사람은 무엇보다도 일상의 계속적 욕구를 통제할 수 있는 인간이어야 한다. 단순하고 소박한 삶 속에서 행복을 발견하고 안분지족(安分知足)하고 소욕지족(少欲知足) 할 줄 하는 사람은 덜 갖고도 얼마든지 행복하게 살 수도 존재할 수도 있는 사람이다.

새로운 삶을 추구하는 사람은 누구보다도 자연의 순환 현상에 민감하고 모든 자연 현상을 예견하게 느낄 줄 아는 사람이다. 사람은 정서적인 만족감을 느낄 뿐만 아니라 스스로 영적인 에너지도 만든다.

애정은 모든 지혜의 근원

삶의 가장 큰 행복은 무의식적으로 의무를 수행하는 데 있다.

—요한 프리드리히 폰 쉴러

우리가 살아가는 인생길에 가로놓여 있는 모든 것들이 우리에게 행복을 가져다 주기 위한 것이며, 그러한 사물을 바라보는 우리의 눈처럼 애정이 깃든 눈으로 인생을 바라본다면, 우리는 반드시 행복을 느낄 수 있을 것이다. 또한 우리가 애정을 가지고 세상을 바라다 보면 우리는 우리 주위의 혼란스러움들 까지도 관대하게 포용하게 될 것이다. 이처럼 애정이 우리의 행동을 이끌어 줄 때, 우리는 우리가 변화시킬 수 없는 것들을 그대로 받아들이게 될 것이며, 우리가 변화시킬 수 있는 것은 우리가 원하는 대로 변화하게 만들 것이다.

애정은 모든 지혜의 근원으로서 언제나 우리에게 그 차이점을 알게 해 줄 것이다.

누구나 행복을 추구할 권리가 있다

재물을 스스로 만들지 않으면 쓸 권리가 없듯이,

행복도 스스로 만들지 않으면 누릴 권리가 없다.

-조지 버나드 쇼

우리의 생명은 자유를 원한다. 생명력이 강한 사람일수록
더욱 자유롭기를 갈망한다. 따라서 자유에 대한 욕구가
없다는 것은 생명에 대한 욕구가 없다는 말과 상통한다.
그러나 자유가 인간 최후의 목적은 아니다.

인간의 자유는 행복을 추구하기 위해서 존재하는 것이다.
인간 누구나가 추구하는 행복은 인생의 목적이며, 자유는
다만 행복을 실현하기 위한 조건인 것이다. 사람은 누구
나 자기 자신의 행복을 추구할 권리가 있다. 행복은 만인
의 바람인 것이다.

불행의 기억이 행복을 가져다준다.

한 번 행복했던 기억은 충분한 불행이 된다.

−존 클라크

주는 것은 받는 것보다 행복하며 사랑하는 것은 사랑받는 것보다 아름답고 사람을 행복하게 한다. 사랑은 슬픔 속에서도 의연한 자세를 갖추고 이해의 폭을 넓게 하며 미소지을 수 있는 능력을 갖게 한다.

기도는 음악처럼 신성하고 또 구원이 된다. 기도는 신뢰이며 확인이다. 진정으로 기도하는 자는 무엇인가를 원하지 않는다. 단지 자기의 경우와 고뇌를 말할 뿐이다. 어린아이가 노래하듯이 고뇌와 감사를 중얼거리는 것이다.

행복이란 만인에게 우정을 나누어 주고 싶어하는 진실한 사람만이 소유할 수 있다. 또한 행복은 불행을 기억할 수 있는 데서 오는 것이며 슬픔과 굴욕, 그것이 자기 것이든 남의 것이든 그것을 모르고 그저 과식증으로 말미암아 소화제를 상용해야만 하는 자에겐 영원히 망각지대에 머물러 사라지고 말 것이다.

작은 행복을 발견하는 방법

행복은 소소한 것들이 모여 이루어진다. 사랑스러운 입맞춤, 미소, 다정한 눈길, 진심
어린 칭찬, 즐겁고 따스한 느낌 등 소소하고 금방 잊혀지는 것들이 행복을 만든다.

−사무엘 테일러 콜리지

일생을 사는 동안에 권위 있는 상들이 당신에게 주어진다
면 진정으로 깊이 감사하라. 그러나 그러한 상들이 당신
을 지나쳐 가버린다고 안달하거나 괴로워하지 말라. 오히
려 당신의 삶 중에 있는 작은 기쁨들을 마음껏 누려라. 남
에게서 받은 커다란 상은 곧 잊히는 사건이 되고 만다.
그리고 당신 스스로 만들어낸 생의 작은 보람들은 계속
이어진다. 우리의 삶이 기쁨으로만 가득 찰 수는 없을 것
이다. 그러나 작고 소박한 기쁨들이 우리에게 행복을 줄
것이다. 눈을 크게 뜨고 당신 주위를 돌아보면 그 자잘한
선물이 보일 것이다.

진정한 행복

기쁨을 얻은 사람은 그 기쁨을 다른 사람들과 더불어 나눠야 한다.

행복은 쌍둥이로 태어났다.

—바이런 경

행복은 곧 인격이다. 사람들이 외투를 벗어버리는 것과 같다. 언제라도 속 편하게 다른 행복을 벗어버릴 수 있는 자가 가장 행복한 사람이다.

행복을 무기로 하여 싸우는 자는 쓰러져도 역시 행복하다. 기분이 좋다는 것, 정중하다는 것, 친절하다는 것, 관대하다는 것 등등 행복은 항상 외부에 나타나게 된다.

시를 읊지 않는 시인이란 참다운 시인이 아닌 것과 같이 단순히 내면적인 것과 같은 행복은 참다운 행복이 아니다. 그래서 행복은 표면적인 것이다. 즉 새가 노래하는 것과 같이 스스로 밖으로 나타나서 다른사람을 행복하게 하는 것이 참다운 행복이다.

여럿이 나누는 기쁨

나누지 않는 행복은 행복이라고 할 수 없다.
거기에는 아무런 고상함도 없기 때문이다.

−에밀리 브론테

가난한 사람들을 돕기 위해, 불쌍한 이웃에게 사랑을 베풀기 위해 필요한 돈은 자신과 사회를 풍성하게 만들 것이다. 그러나 순전히 자기 욕심 때문에 불의한 방법으로 크게 치부하는 사람은 개인으로나 사회적으로 큰 불행이다. 그 돈으로 설사 공헌한다 해도 그로 인하여 얼마나 많은 사람들이 불행해질 것인가.

눈에 보이는 물질적 성공만이 성공이 아니라 성공은 마음의 상태이고 믿음의 표준이다. 그래서 사람이 사람 구실을 하는 것보다 더 큰 성공은 없고, 사람이 행복을 얻고 다른 사람에게서 존경받는 것보다 더 큰 영예는 없다.

행복의 조건

영어의 행복이란 단어 happiness는
본시 옳은 일이 자신 속에서 일어난다는 happen에서 나온 말이다.

—칼 매닝거

행복이나 불행을 초월하여 일을 하는 사람에게는 품삯이 나오고 일을 하지 않는 사람에게는 품삯이 나오지 않는 것이 세상의 이치이다. 우리는 "일을 하여 품삯을 받은 사람은 행복한 사람이다." 라고 하며, "일을 안 하며 품삯을 받지 못한 사람을 불행한 사람이다." 라고 한다.

결국 행복과 불행은 모두 자신에게서 스스로 만들어지는 것이지 누가 주는 것이 아니다. 비록 불행한 입장에 처했어도 누군가를 막연히 원망하지 말아야 하며 또 누군가에게 기대어서도 안 된다. 스스로의 힘을 모아 극복하고 심판은 신에게서 받아야 한다. 행복과 불행은 자신이 쌓은 대로 얻어지는 것이다.

날마다 행복해지기

사소한 것에서 기쁨을 발견할 수 있다는 것은 불행한 자의 고귀한 특권이다.

－로테

자신이 세운 목표를 향해 한 걸음 한 걸음 성실하게 떼어 놓으면서 마치 벽돌을 한 장 한 장을 반듯하게 쌓아가는 것처럼 자신의 일을 자신의 힘으로 겸손하게 수행하는 것을 최고의 덕목으로 삼는 분위기가 되었으면 좋겠다.

물질의 풍요만을 목표로 삼는 것에서 생기는 경박성과 저질성을 배제하면서 혼자만 앞서 가려고 하지 말고 이웃에 대한 따뜻한 관심을 가지고 주위와 손잡고 발맞추어 가는 분위기 속에서 살 수만 있다면 우리들의 매일매일은 마냥 즐거울 것이다.

진정으로 앞서가는 사람이 되기 위해서는 이제 우리들 자신을 되돌아볼 지점에 와 있다고 생각한다.

행복의 문

행운은 올 수도 있고, 오지 않을 수도 있다. 어떻든 간에 우리는 노력해야 하며,

행운을 바라지 않고도 일할 수 있는 준비를 해야 한다.

−조지 엘리엇

어느 누구의 인생을 되돌아보아도 만월 같은 완전한 인생
은 없다. 어떤 사람은 물질적으로 많은 혜택을 받고 태어
났어도 정신적인 불구자가 되는가 하면, 두뇌는 좋은 반
면에 물질적인 여유가 없어서 고생을 하며 지내는 사람도
있다. 이처럼 사람의 생애란 고르지 못한 것이 법칙처럼
되어 있다. 만월이 있다 해도 그것은 일생 중 잠시 잠깐의
일이고 대부분은 초승달이 아니면 그믐달처럼 한쪽이 이
지러져 있다. 태양은 반드시 동쪽에서 떠서 서쪽으로 지
는 변함없는 법칙 속에서도 자연은 여러 가지 현상을 인
간에게 가르쳐주고 있다.

우리의 행복이라는 것도 내일이면 비바람 속에 시련을 받
을지 알 수 없는 일이다. 그 행복은 누가 공짜로 가져다주
는 것이 아니다. 성실한 노력과 사랑은 행복의 문에 들어
서는 의무라고 할 수 있다.

행복한 삶의 가치

행복과 불행은 얼마나 높은 곳에 있느냐, 혹은 얼마나 낮은 곳에 있느냐 하는 것으로 결정되지 않는다. 지금 어디로 향하고 있는가에 따라 결정된다.

－사무엘 버틀러

인생에 있어서 올바른 가치관과 인생관을 갖는 것은 매우 중요하다. 우리에게 주어진 삶을 보다 아름답고 의미 있게 향유하며 여유를 갖도록 권하고 싶다.

진정한 의미를 가진 삶의 목표가 설정되면 묵묵히 추진하는 힘과 서두르지 않고 인생을 되돌아볼 수 있는 여유를 함께 가질 수 있어야 한다.

행복에서 불행으로 바뀌는 데는 한 순간이지만 불행에서 행복으로 옮겨가기 위해서는 우리에게 주어진 시간의 전부를 소비해야 할지도 모른다.

절제의 행복

원하는 것들 중 일부를 포기하는 것은 행복을 위해 불가결한 일이다.

−버트란드 러셀

인간은 너무 자유롭게 행동하려다가 결국은 많은 부자유를 발견하게 된다. 자유를 원할수록 많은 제한이 우리 앞을 가로막는다. 반대로 부자유한 것이라 생각하고 스스로 욕망과 행동을 절제한다면 그때는 오히려 많은 자유를 얻게 될 것이다. 그 때문에 자유스런 사람은 먼저 자기의 방자한 욕심을 절제하는 것이다.

절제는 만족의 어머니이며 모든 미덕의 진주 고리를 꿰뚫고 있는 명주실이며 쾌감의 화가 아니고 곧 약이다.

5장

>>> 말과 행동 <<<

당신의 따뜻한 말 한마디가 다른 사람의 생활에 새로운 희망과 가치를 느끼게 할 수 있다. 다른 사람으로 하여금 생기를 느끼게 하고 힘이 되게 하는 말은 바른 말이다. 바른 말은 생명력과 창조력을 갖는다.

칼보다 강한 것은 말

말이 입힌 상처는 칼이 입힌 상처보다 깊다.

−모로코 속담

스스로 나타내는 사람은 분명히 나타나지 않고 스스로 옳다고 생각하는 사람은 남에게 인정받지 못한다. 남을 알기 전에 먼저 자기 자신을 알아야 하고 남을 이기려고 하기 전에 먼저 자기 자신을 이겨야 한다.

봉사란 자기에게 주어진 형편에서 가벼운 마음으로 힘들이지 않고 할 수 있는 일을 남 모르게 소리없이 해나가는 것이다.

말에 의한 상처는 칼에 의한 상처보다 더욱 더 심하다. 자신의 의견보다 더 나은 의견이 있으면 과감히 자신의 의견을 버릴 줄 알아야 하고, 다수결로 결정된 사항에 대해서는 자기 생각과 다를지라도 기쁜 마음으로 따라야 한다. 이야기는 간결하고 신속하게 끝마쳐라. 모든 사람의 행동은 기분에 따라 영향을 받는다. 상대의 말을 끝까지 들어주는 자세를 배워라. 다른 사람의 감정, 욕구, 소원도 인정하라.

말 한마디가 인생을 바꿔준다

입은 화의 문이요, 허는 이 몸을 베는 칼이다.

입을 닫고 혀를 깊이 간직하면 몸 편안히 간 곳마다 튼튼하다.

—전당시

총명한 사람이란 침묵할 줄 아는 사람이다. 말하지 마라. 그리하면 그 누구도 너희를 비평하지 못하리라. 총알은 사람의 육신을 죽이지만, 잘못된 말은 사람의 영혼을 죽인다. 인생에서 가장 아름다운 순간은 아무도 알아듣지 못하는 두 사람의 말로 두 사람만의 비밀이나 즐거움을 나누며 함께 이야기 하고 있을 때이다.

우리 주변을 탓하기에 앞서 내 언어부터 아름다운 언어가 되도록 힘쓰는 것이 바로 아름다운 세상을 만드는 시작이다. 남의 잘못은 가시처럼 보이지만 자기 자신의 허물은 대들보 보다 더 크다.

진실한 충고의 말 한마디가 순탄한 인생길로 들어서게 하고, 즐거운 말 한마디가 주위를 환하게 밝혀 주며, 적절한 말 한마디가 큰 축복을 안겨 준다.

함부로 남을 판단해서는 안 된다

내뱉는 말은 상대방의 가슴속에 수 십 년 동안 화살처럼 꽂혀있다.

-롱펠로우

남을 판단하지 말라. 그러면 너희도 판단되지 않을 것이다. 가장 비열하고 부패한 인간들이 힘과 영광을 얻게 되는 상황이 바로 전쟁이다. 축복을 주면 전쟁을 하지 않고 평화를 유지할 수 있다.

남의 허물은 보기 쉬워도 자기 허물은 보기 어렵다. 세상 사람들은 환상을 좋아하지만 진리를 터득한 사람은 환상을 싫어한다.

자신의 모습 그대로, 그리고 해야 할 일을 한 뒤에 모든 것은 신에게 맡겨라. 신의 법칙에 따라 사는 사람에게는 결코 죽음이나 병이 문제가 될 수 없다.

물은 부끄럽고 마음대로 흐르기 때문에 불요불급하고도 강한 것이다. 낮아지고 겸손하면 힘을 얻을 것이다. 잠재된 능력을 찾는 데 힘써야 한다. 그것을 찾게 되더라도 우쭐하지 않도록 하라.

설득하려면 그가 한 말을 기억하라

인간은 입이 하나 귀가 둘이 있다. 이는 말하기보다 듣기를 두 배 더하라는 뜻이다.
－탈무드

나는 나의 주인이다.

나의 미래는 내가 만드는 것이며 그때는 누가 보더라도 부러워 할 빛나는 모습이 되리라. 사람들에게 어떤 계획을 상대방의 머릿속에 심어 놓고 그가 스스로 생각토록 하는 것이다.

상대방을 설득하려 한다면 먼저 침착하고 부드러운 표정으로 당신의 의견을 정확하게 피력하고, 같은 말이라도 절대로 단정적인 표현은 사용하지 않도록 하라.

언제나 상대방에게 양보하고, 내심은 그렇지 않더라도 호의를 갖고 있는 것처럼 보이며, 싫더라도 칭찬함으로써 상대방의 기분에 맞추어 행동하는 것도 필요한 것이다.

아무리 뛰어난 인물이라도 다른 사람이 자기가 한 말을 정확히 기억하고 있다는 사실을 알면 기뻐한다.

말을 잘하는 방법

말하는 것은 지식의 영역이고, 듣는 것은 지혜의 영역이다.

－올리버 웬들 홈스

대화를 할 때는 언제나 쉬운 말과 부드러운 말로 하라. 말을 할 때는 해야 할 말과 하지 말아야 할 말에 신경을 써라. 스스로 나서서 자랑하지 않는 것이야말로 자랑을 자랑으로 느껴지지 않게 이야기하는 가장 지혜로운 대화법이다. 반드시 이름을 기억하라. 포용력이 있으면 초조해하거나 화를 내지 않아도 만족한다. 편견에 사로 잡혀서는 안 된다. 먼저 남의 의견을 듣고 이해하라.

누구나 한 번쯤 연설을 해야 된다. 말을 잘하기 위해서는 인내, 준비, 실천력이 있어야 한다. 자신있고 겸손하게 열정을 가지고 진지하라.

웃는 얼굴로 사람들을 대하고 기분 나쁜 소리는 가능하면 하지 마라. 당신이 옳다고 생각하는 일은 주저하지 말고 실행에 옮겨라.

다른 사람의 의견을 참고할 때는 그 사람의 체면은 생각 마라. 당신의 행동이 이기적이 아니면 당신의 행동을 인정하지만 사람들의 눈치만 살피면 모든 사람들은 당신을 비웃는다.

말을 조심하라

말은 한 사람의 입에서 나오지만, 천 사람의 귀로 들어간다.

−베를린 시청의 문구

대인은 소인배의 잘못을 탓하지 않는다. 소인의 마음으로 군자의 심중을 헤아려서 모두 간파한 후라면 칭찬이나 비난은 말로 표현할 필요도 없고 기쁘거나 화나는 감정을 밖으로 드러낼 필요도 없다.

처세를 하는 데 있어서는 반드시 말을 조심하라. 해야 할 말, 하지 못할 말을 되새겨 보고 마음속으로 곱씹어야 한다. 수모를 당했을 때는 좀 더 넓은 마음을 가지려고 노력하라. 말 한마디로 나라를 흥하게도 나라를 어지럽게도 할 수 있다. 재앙은 입에서 나오는 것이다.

다른 사람과 대화를 나눌 때 상대방의 말에 귀를 기울여야 한다. 진정 자기의 임무를 다하는 사람은 긍정적이고 유익한 정보만 제공하지 않는다. 친구와 교류할 때 함부로 자신감에 넘쳐 책임지지 못할 말을 해서는 안 된다.

말 한마디의 힘

귓속에 항상 귀에 거슬리는 말을 넣고, 마음속에 항상 마음에 꺼리는 일을 지니면
비로소 이것이 덕망을 닦아 빛나는 숫돌이 되리라.

−채근담

진실한 말은 영감을 줄 수 있고 용기를 북돋우며 병까지
낫게 할 수 있다. 즉 당신의 따뜻한 말 한마디가 다른 사람
의 생활에 새로운 희망과 가치를 느끼게 할 수 있다. 다른
사람으로 하여금 생기를 느끼게 하고 힘이 되게 하는 말
은 바른 말이다. 바른 말은 생명력과 창조력을 갖는다.

같은 입에서 허튼 말도 나오고 의미 없는 말, 자신을 보호
하거나 변명하는 말, 남에게 해를 끼치는 말도 나온다. 대
개 이 부류에 속하는 말은 사람을 죽이는 힘이 숨겨져 있
다. 꼭 죽이지는 않더라도 실망과 좌절에 빠지게 하거나
악의 불씨가 되기도 한다. 그리하여 비열, 사기, 음모, 험
담의 모양으로 나타나는 법이다.

대화의 참 의미

대화술은 단순한 언어의 유희나 심리적인 마술이 아니라

상대와의 인간관계의 조화를 실현시키기 위한 자기 표현의 기술이며 연출이다.

—홍서여

미래 지향적인 삶은 대화에서 싹튼다. 대화를 모르는 사람은 이기주의에 갇혀 있으며, 대화를 모르는 사회는 발전할 수 없고 폐쇄되어 있는 사회이다.

인간의 참다운 모습은 서로 대화하고 행동하고 생각하는 가운데서 형성된다. 우리들은 서로 대화하며 살아가고 있다. 그러나 자기 반성이 결핍된 말은 대화가 아니라 지껄임에 불과하다. 대화는 인간 상호간의 생각과 행동에서도 성립한다. 이해가 부족한 사회에서는 일방적인 명령과 복종이 그리고 무질서와 범죄가 범람한다. 또한 이해가 부족한 사회에서는 현실과 이상의 거리가 너무나도 많이 벌어져 있다.

우리들이 대화할 줄 아는 자세를 가질 때 비로소 우리는 나와 남 그리고 우리들 자신의 본래적인 모습을 찾을 수 있을 것이다.

진실한 말 한마디의 중요성

진실이 있는 말은 결코 아름답게 장식하지 않고,

화려하게 장식한 말은 진실이 없는 법이다.

-노자

우리는 매일 많은 말을 하고 또 말을 듣는다.

그러나 말을 조심하지 않으면 우리들 삶의 가장 소중한 부분이 더러워지고 그것으로 인해 자신의 삶이 뻘 밭에 빠질 수도 있다.

그뿐 아니라 우리의 말이 정직하지 못하면 사회질서가 깨지고 그렇게 되면 우리 모두가 망하게 된다.

정직은 어느 풍부한 자원보다도 중요하고 기술보다도 중요하다. 우리가 정직하지 못하고 신용이 없어서는 날로 치열해지는 국제 경쟁에서 이길 수 없게 된다.

아름다운 대화술

군자는 말을 잘하는 사람의 말에만 귀를 기울이지 않고
말이 서툰 사람의 말에도 귀담아 듣는다.

—공자

남의 말에 귀를 기울여라. 그리고 듣는 자세에 있어서 신
중해야 한다. 그러나 말수는 적어야 한다. 묻는 사람이 없
거든 절대로 입을 열지 말라. 그러나 물음을 받거든 이내
간단히 대답하라. 그리고 설사 물음을 받은 것에 대해서
모른다고 하더라도 그것을 고백하기를 부끄러워하지 말
라.

말다툼을 위한 말다툼을 하지 말라. 자화자찬하지 말라.
높은 자리를 찾지 말라. 설사 그런 자리를 권유받는 일이
있더라도 받아들이지 말라. 그리고 네 의무를 다하지 않
고 제 이웃의 편의를 돕지 않는 일은 행하지 않도록 노력
하라.

꿀벌같은 사람이 되라

자기 자신을 알려거든 남이 하는 일을 주의해서 잘 살펴보아라. 다른 사람의 행동은

나의 거울이다. 또 다른 사람을 알려거든 특히 그 사람을 아껴 주어라.

또 그 사람을 이해하려거든 먼저 자기 마음속을 들여다보아라.

네가 남에게 바라고 싶은 것을 네가 먼저 베풀어라.

−시르렐

남을 존경하지 않고 자기 중심적으로 살아가는 사람은 자존심이 강한 사람이다. 꿀벌과 같은 사람은 스스로 노력해서 만들어낸 꿀을 자신도 먹고 남에게도 나누어 주는 사람이다. 이 세상에 나누어 줄 수 있는 능력이 없는 사람은 하나도 없다. 베풀면 당장은 손해 같지만 반드시 더 큰 보람과 혜택을 얻게 된다.

다른 사람들이 어떻게 행동하는가를 아는 것은 정보를 얻는 것이지만, 자기 자신을 아는 것은 지혜를 얻는 것이다. 다른 사람들의 삶을 통제하는 것은 세력을 얻는 것이지만 나 자신의 삶을 제어하는 것은 참된 힘을 얻는 것이다.

복을 나눠주고 선행을 베풀고 마음을 쓰고 감사하며 다투지 마라. 영감을 받아들이고 여백을 두라.

삶을 즐겨라

인간의 삶 전체는 단지 한 순간에 불과하다. 인생을 즐기자.

−플루타르코스

기분은 바닷물과 같다. 바닷물은 주기적으로 들어오고 나가면서 계속 변한다. 기분이 좋으면 만족스럽고 행복하고, 마음이 가벼우며 편안하고, 재미있고 보람이 있으며 단순하고 걱정이 없다. 기분은 삶의 자연스런 현상으로 당신이 우울한 기분에서 벗어나려면 그것의 속성을 이해해야 한다.

진실로 행복한 사람이 인생이란 현재의 순간을 하나하나 연속해서 경험하는 것에 지나지 않는다는 것을 안다. 행복한 사람이 현재를 열심히 살수록 더 멋진 인생이 보장된다. 현재를 산다는 것은 삶을 즐기는 일이다.

당신이 찾을 수 있는 유일하고 지속적인 행복은 당신이 지금 있는 곳에 있다. 현재는 신비롭고 항상 변화하는 곳이며 즐겁게 지내기를 기다리는 곳이다. 유일하게 행복을 경험할 수 있는 놀라운 곳이다.

지금부터 당장 생각의 지배에서 벗어나 당신의 삶을 즐기기 시작하라.

쉴 땐 쉬자

일만 하고 휴식을 모르는 사람은 브레이크가 없는 자동차 같아서 위험하기 짝이 없다.

또한 일할 줄을 모르는 사람은 모터가 없는 자동차 같아서 아무 소용이 없다.

-존 포드

자신이 갖고 있는 것에 만족하는 사람은 손바닥에 보물을 쥐고 있는 것과 다름없다. 부자가 천국에 가는 것은 낙타가 바늘 구멍으로 들어가는 것보다 어렵다. 가난은 나의 자부심이다. 우리가 누리는 행복은 크고 맑은 것에서보다, 작은 것과 적은 것 속에 있다.

여가 활동을 위한 시간을 갖지 못하는 사람은 머지 않아 병을 위한 시간을 반드시 갖게 될 것이다. 일찍 잠자리에 들고 충분히 잠을 자라. 희망을 품는 순간 절반은 성취한 것이다. 휴식이 없는 분주한 기계적 삶은 결코 인간적인 삶이 될 수 없다. 휴일이 늘어야 나라가 산다.

가끔은 하늘을 보자

일과 오락이 규칙적으로 교대하면서 서로 조화가 이루어진다면 생활은 즐거운 것이
된다. 그러나 어떤 특정한 일이나 오락만으로는 그렇게 될 수 없다.

−톨스토이

일하는 시간이 줄어들고 여가 시간이 늘어나면 무엇보다
도 사회 전체적으로 웃는 얼굴의 사람들이 늘어날 것이
다. 인생의 행복과 환희가 충만할 것이다. 가던 길을 멈추
고 노을진 석양을 바라보며 감탄하기에 가장 적당한 순간
은 그럴 시간이 없다고 생각되는 그 때이다.

사랑과 우정은 일상의 분주함과 조급함 속에서는 만들어
질 수 없다. 좋은 포도주는 느리게 천천히 만들어진다.

어떤 일이 일어나도 당신이 할 수 있는 한 최선을 다하라.
마음의 평정을 잃지 마라. 당신이 좋아하는 일을 찾아라.
근심 걱정을 떨치고 그날 그날을 살아가라. 할 수 있는 한
생활에서 웃음을 찾아라. 세상의 모든 피조물에 애정을
가져라.

기도하라

기도는 우리의 매일의 일과이며 습관이며 사명이다.

−찰스 스펄전

마음을 다스리려면 쾌락, 소유, 명예 등을 위한 경쟁에 한 없이 빠져들게 하는 유치하고 자기 중심적인 집착에서 벗어나야 한다. 인간이 겪는 모든 불행은 단 한가지 고요한 방에 들어앉아 휴식할 줄 모르는 데서 비롯된다.

기도의 열매는 순결한 열매이다. 순결한 마음은 약한 자를 돌본다. 영혼의 눈을 밝게 하려는 지속적 노력이 바로 침묵 속의 명상이다. 명상의 형태는 기도일 수도 있고 참선이 될 수도 있다.

모든 지혜의 스승들은 명상과 기도를 생활화한 수행자이다. 명상은 참 나를 찾아 떠나는 자발적 생명이며 마음을 열고 자신의 내면을 찾아가는 길이다. 매일 마음을 맑게 하는 일에 전념하지 않으면 안 된다.

인생의 나침반

인생이란 고향집으로 향하는 여행이다.

—헬만 멜빌레

마음의 고향이란 늘 그 곳에 그렇게 변치 않고 그냥 있는 곳이다. 사람들은 고향에 가면 평화와 안정감을 맛본다. 풍요로운 가슴이 없다면 아무리 큰 부자도 추한 거지일 뿐이다. 베푸는 일은 아름다운 일이다. 모든 사람은 서로 연결되어 있다는 믿음이 더욱 소중하다.

인생이 바뀐다. 자원 봉사자가 되어라. 자원 봉사는 우리가 할 수 있는 최상의 서비스이다. 사랑의 행위이다.

행복과 불행은 스스로 그렇다고 느낄 때 시작된다. 자기 자신에 대한 믿음과 느낌에 확신이 없을 때는 다른 누구도 있는 그대로 받아들여 사랑할 수 없다.

진실 된 자신을 찾아 살 수 있다면 그것이 가장 자유로운 삶이다. 그리고 자유로운 삶은 행복할 수 밖에 없다. 어느 한순간도 우리의 변화를 막을 수 없다. 인생의 나침반을 준비하자.

당신을 믿어라

자신을 믿는 자는 행동할 때 필요한 것들을 모두 수중에 갖고 있다.
중요한 문제거나 사소한 문제거나 어려운 일이거나 손쉬운 일이거나
혼자의 힘으로 얼마든지 해결할 수 있다.

-그라시안

"만일 내가 인생을 다시 시작할 수 있다면 나는 한가지 문제에만 총력을 기울여 그 분야에 관한 한 세계 최고의 권위자가 되겠다."라는 말이 있다.

당신이 당신 자신을 독보적인 존재로 만들 수 있다는 점을 이해하라. 만일 당신이 진정으로 고객을 좋아하지 않으면 고객은 사지 않을 것이다. 절대 한 번으로 충분하다고 생각하지 마라. 융통성을 잃지 마라. 계획을 세워라. 설사 당신의 목표에 도달하기 전이라 하더라도 당신이 꿈꾸는 성공의 상징들만은 만끽하라.

당신 자신을 남에게 알려라. 너무 외톨이가 되지 마라. 당신의 예감을 존중하라. 정직하라. 우연성을 잃지 말고 결단력을 배워라. 다른 사람의 이야기를 주의 깊게 경청하라. 상대방의 체면을 살려줘라. 당신 스스로 최선을 다하겠다고 다짐하고 훌륭한 사람이다라는 자신감을 가져라. 사람들이 어떻게 느끼고 반응하는지 스스로 배워라.

탐욕의 반대는 만족

만족함을 알면 즐거울 것이고, 탐욕에 힘쓰면 근심이 있게 된다.

−경행록

배움은 변화가 필요하다는 확신을 심어주고 변화에 대한 확신은 결단으로 이어진다. 그 다음에 자신의 결단을 행동으로 옮긴다. 변화를 위해선 노력이 결정적으로 중요하다. 인생의 덧없음과 죽음에 대해 깊이 생각하는 것은 사람에게 자극을 주고 긍정적인 변화를 향한 절실한 느낌을 불러일으킬 수 있는 훌륭한 방법이다.

삶의 경험에 비추어 생각할 때 인내심과 관대한 마음은 우리에게 큰 혜택을 준다. 인내와 관용의 정신은 한결 같은 마음을 갖는 능력과 불리한 상황을 만나도 그것에 압도당하지 않는 능력에서 생기는 정신이다.

탐욕의 반대는 무욕이 아니라 만족이다. 만족감을 갖고 있다면 어떤 것을 소유하는가는 문제가 아니다.

선부른 충고는 하지 마라

충고의 말은 서두르지 말고 서서히 하는 것이 가장 효과적이다.
성급히 서두르는 충고는 오히려 실패로 돌아가기 쉽다.

–루시안

인간은 태어날 때부터 알려고 하는 욕구를 가지고 있다.
그리고 어려서부터 좋은 사람이 되라는 교육을 받아 왔
다. 양처럼 온순하게, 소처럼 우직하게, 토끼처럼 조심성
있게, 고양이처럼 영리하게 살아라.

강인한 사람, 성공한 사람이 되려면 응당 미래를 예견하
고 사람을 다룰 줄 아는 지혜와 적극적이고 진취적인 자
세, 스스로를 보호하고 나쁜 사람을 제압할 수 있는 수단
을 갖고 있어야 한다.

기억하라, 생존 경쟁과 적자 생존을. 온화한 태도와 강경
한 태도는 서로 보완적이며 매우 밀접하다. 온화함은 우
애를 돈독히 하고 스스로를 수양하는 것이며 강경함은 존
엄과 원칙 그리고 역량을 드러내는 것이다.

용기를 가지고 자신의 정당한 권익을 보호하는 것은 당연
한 일이다. 스승은 문 앞까지만 인도해 줄 뿐 수행은 각자
하는 것이다. 얕은 지식과 지혜로 선부른 충고를 하다가
는 남에게 해만 입힐 수 있다.

지피지기면 백전 백승

상대를 알고 나를 알면 백번 싸워도 위태롭지 않으리라.

―손자

친구들에게 인정을 베푸는 것은 결코 어려운 일이 아니다. 다른 사람에게 은혜를 베풀면 그 사람을 부릴 수 있다. 지혜로운 자나 위인, 강직한 기개를 지닌 인물은 타인의 멸시를 받을 때 분발하여 출발점으로 삼는다. 자기를 알고 적을 알면 백전 백승, 비록 적장이라고 해도 그 기개가 정말 걸출하면 존경심을 불러일으킨다.

당신이 거절할 용기도 있고 상대에게 대안을 제시해 줄 수 있다면 당신은 뛰어난 처세의 소유자라고 할 수 있다. 당신이 감정 절제에 능숙하다면 침착하고 믿을 수 있다고 한다.

의견이 다른 사람을 사귀어라

솔직한 의견 차이는 대개 진보를 위한 좋은 신호다.

－마하트마 간디

온건하고 성실한 생각을 유지할 수 있어야 진정한 군자다. 군자는 말은 어눌하지만 행동은 민첩하다. 어제의 적이 오늘의 친구로 바뀔 수 있다. 생각이나 견해는 고정, 불변하는 것이 아니다.

동료들로부터 존경심과 협력을 얻어내라. 사람이라면 누구나 자신이 하는 일은 매우 가치 있는 일이며 시간과 정력을 들여 해나갈 만한 일이라고 인정받고 칭찬받고 싶어한다.

좋은 친구는 본받을 만한 밑천을 가진 사람이다. 나쁜 친구는 당신을 심각한 좌절에 부딪히게 할 것이다. 항상 같은 친구만 만나면 무미 건조하고 불만스럽다고 느낄 것이다. 새로운 친구를 만나고 새로운 조직에 참여하고 사고의 범위를 확대하라. 당신과 의견이 다른 사람과 교류하라. 사고가 성숙한 사람은 어떤 일을 해야 하고 어떤 일을 피해야 하는지 잘 분별한다. 권력 추구의 욕망은 인간 본성의 중요한 구성 요소다. 총명하고 사리에 밝아서 이치에 맞게 일을 처리하며 자신을 잘 보전하는 것이 좋다.

인생은 여행이다

고난의 시기에 동요하지 않는 것, 이것은 진정 칭찬받을 만한 뛰어난 인물의 증거다.

—베토벤

실패에 연연하지 않고 앞으로 나가면 또 다른 실패는 없을 것이고 당신은 자연스럽게 자신감을 회복하여 용기로 충만하게 될 것이다.

인주를 만지면 손이 붉어지고, 먹을 만지면 손이 검어진다. 늑대와 함께 있으면 고기를 먹을 것이고, 양과 함께 있으면 풀을 먹을 것이다.

인생을 여행에 비유하면 고난은 당신이 지불해야 하는 여비와 같다. 즐거운 상황은 공기 맑고 경치 좋은 곳에 도달하여 짐을 풀어 놓고 휴식을 취하는 것과 같다. 여행길의 고난만 보지말고 희망의 등불을 들어 목적지로 향하는 길을 밝게 비춰라. 갖은 고생을 다 겪어 보아야 훌륭한 사람이 될 수 있다. 훌륭한 사람이란 생각이 있고 안목이 원대하며 일을 시작하면 뜻대로 해낼 수 있는 사람을 말한다.

물러날 때를 아는 현명한 사람

144. 천하에 도가 있으면 나아가 능력을 발휘하고,

천하에 도가 없으면 조용히 물러나 수신에 힘써야 한다.

—논어

진정한 용사는 적절히 나아가고 물러나는 방법을 잘 알고
있다. 적군과 힘이 비등하면 한 번 겨루어 보고 적군보다
힘이 약하면 도망쳐라. 힘이 약하여 도망치는 편이 나은
데도 억지로 맞선다면 적군의 포로가 될 뿐이다.

우주는 영원히 존재하고 지구는 끊임없이 살아간다. 일이
잘 풀린다고 해서 경망스럽게 좋아해서도, 실패했다고 해
서 너무 괴로워해서도 안 된다. 이 세상에 수익도 높고 위
험도 없는 투자란 없다.

지혜로운 자는 늘 안전 속도와 안전 거리를 유지한다. 지
혜로운 사람은 국가를 위해 새로운 법을 제정하려고 하지
만 평범한 사람은 현재 상황을 보존하려고만 할 뿐이다.

포부가 아무리 웅대할지라도 환상을 버리고 정확히 현실
을 파악해야 한다. 당신은 완벽하게 세상 일을 처리해 나
갈 수 있으며 순탄하게 인생의 길을 걸어갈 수 있다.

보람있는 삶을 살고 있는가

되찾을 수 없는게 세월이니 시시한 일에 시간을 낭비하지 말고
순간순간을 후회 없이 잘 살아야 한다.

—루소

생각하는 힘은 누군가에 의해서 그냥 주어지거나 만들어
지는 것이 아니다. 자신의 내부에서 스스로의 자율 능력
에 의해 싹트고 끊임없이 갈고 닦아야만 자라날 수 있는
것이다.

인간의 삶은 유한하다. 누구에게나 똑같은 유한한 삶 속
에서 누가 더 가치 있고 보람있는 삶을 살았느냐 하는 것
은 누가 더 성실히 생각하며 살았느냐 하는 것과 같다.

늘 생각하는 가운데 신중히 행동하고 자신의 목표를 향하
여 끊임없이 연마하고 노력하며 나와 가족과 민족을 생각
하며 살아간다면 그 삶은 분명 보람있는 삶이 될 것이다.

감사하는 마음을 가져라

모든 것을 위해 기도하라. 모든 것에 대해 감사하라.

−무디

온순하고 공손하며 자애로운 마음은 남은 물론 자신도 이롭게 하니, 남을 침해하거나 해롭게 하는 일은 털끝만치라도 마음에 두면 안 된다. 사람이 자기 자신에게만 이롭게 하려고 한다면 반드시 남을 침해하게 되니 배우는 자는 먼저 자신의 욕심을 버려야 한다. 그러면 어진 사람이 될 것이다.

우리는 언제나 밝은 표정을 짓고 궁금증을 풀어주도록 노력하며, 대답을 잘하고 입과 눈을 기쁘게, 몸을 편안하게, 사물을 평화롭게 하고 모든 이들에게 감사하는 마음을 갖도록 해야겠다.

노력하는 자가 왕관을 차지한다

성공하기 전에는 항상 그것이 불가능한 것처럼 보이기 마련이다.

-넬슨 만델라

물 위에 뜬 나무 조각은 물이 흐르는 대로 흘러갈 뿐이지 만 생명력이 있는 물고기는 그 물을 역류해 거슬러 올라 간다. 그렇듯 인간은 도전과 응전(應戰)을 겪을 때 그때는 힘들겠지만 사회와 역사를 창조하는 밝은 별이 될 수 있 도록 노력해야 할 것이다.

또한 사람은 자기가 심은 것 만큼만을 거둔다. 심지 않고 는 거둘 수가 없다. 쉬지 않고 걷는 자만이 산의 정상에 도 달할 수 있다. 부단히 노력하는 자만이 승리의 왕관을 차 지 할 수 있다.

가을엔 사색을 하자

모든 것은 생각에서 비롯된다.

인생은 우리가 하루 종일 생각하는 것으로 이루어져 있다.

-랄프 왈도 에머슨

가을이 문턱으로 선뜻 다가섰다. 아침 저녁으로 제법 산들바람이 분다. 귀뚜라미 소리에 코스모스가 꽃대를 숙일 때다. 티 하나 없이 쪽빛으로 물든 하늘 아래 출렁이는 황금벌판은 우리에게 무한한 결실의 고마움을 느끼게 해준다. 정녕 가을은 성숙의 계절인가 보다. 결실의 계절이 오면 다시 한 번 우리네 마음도 알알이 여무는 벼이삭처럼 영글어 가야겠다는 생각이 든다. 그러나 풍요의 가을은 저절로 다가오는 것이 아니다. 거둬들이는 가을은 씨뿌리는 봄이 있어야 하고 땀 흘린 여름이 있은 후에야 가능하다. 일한 만큼 얻고 일하지 않는 만큼 잃는다는 가을의 이치가 무섭도록 사무친다.

프랑스의 철학자 파스칼은 "독서는 마음의 양식"이라고 했으며 북종의 성리학자인 왕안석은 "사흘동안 책을 읽지 않으면 세상이 캄캄하다"고 한다. 높은 산에 오르면 시야가 넓어지듯 독서를 하면 이제까지 접하지 못한 지적세계를 감지하는 희열을 맛볼 수 있다고 했다. 우리 모두 가을을 맞으며 한번 생각해 보자.

사람은 혼자서는 살 수 없다

사람에겐 사람이 필요하다

-타고르

사람은 태어나면서부터 가정이란 인간 관계 속에 놓이게
된다. 본래 사람이라면 인(人)자 하나로 족할 것이다. 그러
나 인간이란 어휘를 쓰게 된 것은 사람과 사람과의 의존
관계를 뜻하는 것이다. 내 생명이 존귀하면 그만큼 다른
사람의 존귀함도 인정해야 한다.

사람은 나와 네가 서로 기대어 자라게 되어 있다. 따라서
사람과 사람과의 만남에서 창조가 이루어진다. 즉 상대방
의 거울에 비추어 보아 자기 자신의 진면목을 바로 볼 수
있는 것이다.

내 일과 남의 일이 따로 있는 것이 아니다. 남의 일을 자기
일처럼 생각해서 서로 도우면 결국 자기의 일이 잘 풀리
게 된다. 우리들의 할 일은 의미있는 역사를 심고 가꾸는
일이다. 이 일을 위하여 생각하고 이 일을 위하여 행하고
마음을 굳게 하여 역사를 빛낼 책임을 다하기 위하여 우
리들 모두가 이 세상에 온 것이다.

위인은 어머니가 만든다

위대한 인물은 모두 어머니의 자식이며, 그 젖으로 자랐다.

-고리키

인간이 숨 쉬고 매만지고 그 속에 떡 감으며 맨 먼저 부딪치는 건 자연이다. 빛과 어둠, 바람소리와 구름의 빛깔, 물의 흐름, 꽃의 몸부림 그런 가운데서도 가장 친애의 정이 가는 자연은 어머니의 존재와 같다.

우리는 자기가 살고 싶은 곳에 함께 어울리고 싶은 사람들 틈에서 꼭 살고 싶은 땅에서 아이를 갖기를 원하는 부모들 사이에서 마음대로 태어나지 못한다. 그래서 인간을 운명적 동물이라고 한다.

자연이란 원래 물 흐르듯 하는 것이 아니던가. 태어남도 곧 자연인 것이다. 조건 없이 태어난다고 하는 이 자연에 순응하는 길만이 인생을 진실 되게 살아가는 길이라 하겠다. 어떤 인간도 조건을 달고 태어나지 않는다. 이 세상 모든 사람은 다 아무런 조건 없이 태어나는 것이다. 위인 역시 마찬가지다. 위인은 태어나는 것이 아니라 어머니가 만든다. 결코 우연의 소산물이 아닌 것이다.

행복한 가정을 바란다면

가족들이 서로 맺어져 하나가 되어 있다는 것이 정말 이 세상에서의 유일한 행복이다.

-퀴리 부인

 물질보다는 명예와 삶의 진정한 가치를 깨달은 인간의 모습이 더욱 고귀하게 보인다. 부모 자식간에 무릎을 맞대고 어떤 문제를 같이 풀어가려는 태도와 마음가짐을 가져 보라. 가정의 일원으로서 동참할 기회를 주고 발언권을 주어 보라.

문제를 대화로써 풀려고 하지 않고 일방적인 명령으로 해결하려 할 때 그곳에선 불만과 불평이 쌓이고 쌓여 결국엔 폭발하고, 자식이 부모에 대적하며 급기야는 상상도 못할 불상사까지 일어나게 된다. 이러한 원인은 어디에 있으며 그 책임은 누구에게 있는가? 말할 나위도 없이 부모에게 있는 것이다. 가정에서의 부모의 말 한마디 한마디가 가장 중요한 인간 교육의 실천 장이 된다는 것을 잊어서는 안 된다.

진정한 자유

자유는 획득하는 것보다 간직하는 것이 더 어렵다.

—존 칼훈

인간은 태어날 때부터 자유롭게 태어났으며 누구나 동등한 인권을 부여받았다. 그렇기 때문에 인간은 어느 누구에게 지배를 받는다거나 억압을 당해선 안 되며, 이와 반대로 남을 지배한다거나 강압 할 수 있는 권한이 없다. 또한 자유는 주어지는 것이 아니라 얻어지는 것이기 때문에 자유로운 삶을 누리기 위해서는 이를 위해 각고의 노력과 투쟁을 아끼지 않아야 한다.

그런데 자유란 사적인 것이 아니라 공적인 것, 즉 공동체라고 하는 조직사회 내에서의 자유를 의미한다. 혼자만의 자유란 성립되지 않는 것이다.

루소는 말하기를 "인간은 본래부터 자유롭게 태어났으나 도처에 자유를 얽어매는 쇠사슬이 놓여 있다." 라고 하였다. 자유란 깊은 사고에 의해서 결정되어지는 소산이며 또한 가장 고귀한 보배이기 때문에 도둑이 들지 않도록 이를 지켜나가고자 할 때만이 더욱 값지게 빛을 발하는 것이다.

거짓과 진실의 차이

바보도 누구나 진실을 말할 수는 있다.
하지만 거짓말을 잘 하려면 지각이 좀 있어야 한다.

-사무엘 버틀러

참된 말은 거짓된 사람의 마음을 불안케 하고 거짓된 말은 참된 마음을 가진 사람의 마음을 불안케 한다.

공심이 있는 자는 누구에게든지 유익한 것을 주지만, 사욕이 많은 자는 누구에게든지 해를 끼친다.

욕심에 끌린 사람은 죄가 무서운 줄을 모르고, 선심에 끌린 사람은 죄가 무서운 줄을 안다.

평범한 사람은 좋은 일을 맞게 될 때에는 그저 그 일을 좋아만 하고 그 좋게 된 원인에 대해서는 관심을 갖지 않으며, 나쁜 일을 당했을 때에도 그저 낫기만 바라고 있을 뿐 그것이 낫게 된 원인을 찾으려고 하지 않는다. 그냥 지나쳐 버리니 앞날이 항상 위태롭다.

그러나 지혜 있는 사람은 좋은 일을 당하거나 나쁜 일을 당했을 때 항상 그 원인을 찾을 줄 알고 선악의 경계를 지날 때마다 앞날에는 더욱 큰 보람을 얻게 되므로, 우리는 선악간의 모든 경계를 지날 때에 오직 온전한 생각으로 그 원인을 찾는 데에 주력하여야 할 것이다.

희망을 가진 자의 행복

희망만 있으면 행복의 싹은 그곳에서 움튼다

—괴테

만일 우리 인간에게 희망이라는 것이 없다면 어떻게 되겠는가를 생각해 보자.

불교에서는 인간의 삶을 고통스러운 바다라고 표현했는데 그것은 그만큼 삶이란 괴로운 것이란 뜻이다. 인간은 고통스러운 삶 속에서도 내일이라는 희망을 가지고 있기 때문에 오늘의 괴로움과 좌절과 실패를 극복해 가면서 살아가는 것이다. 그리하여 어느 시인은 "우리의 생활이 뼈에 사무치도록 슬퍼도 좋다. 우리는 푸른 들길에 서서 푸른 하늘을 바라보는 그리움이 있다." 라고 했다. 다시 말해서 인간은 희망을 가지고 있기에 슬픔 짐승일 수는 없다는 말이다. 그러나 노력이 뒤따르지 않는 희망은 희망이 아니라 공상에 지나지 않는다.

이해란 말은 상대방의 입장에서 생각하는 태도
이다. 선입관을 버리고 열려진 마음으로 상대방
을 이해하려고 할 때에 상대방의 마음을 열게 할
수 있다. 상대방이 마음의 문을 열면 비로소 내
뜻을 충분히 전할 수 있는 기회가 온다. 이 단계
에 이르려면 부단한 인내와 훈련이 있어야 한다.

기도하는 마음

잘 기도한 자는 잘 배운 자요, 많이 기도한 자는 많이 운 자이다.

−루터

인간은 늘 기도하는 마음으로 살아가야 한다.

기도하는 마음 그것은 인간성 회복의 자세에서 시작되는 신에 대한 갈구이고 소망이며 애절한 소원이다. 경건한 마음으로 무릎을 꿇고 고개를 떨구며 두렵고 떨리는 마음으로 자신과 가정, 국가와 민족을 위한 기도 한 번 없이 나라를 구한답시고 까불어대는 자들이 우리들 주변에는 너무나 많다.

자신을 깨끗이 하고 정결하게 하며 순리를 거역하지 않고 순종하면서 모든 행복이 거기서 출발되어진다는 겸손한 자각에서 주어진 책무를 다한다면 행복은 곧 우리 앞에 다가올 것이다.

완전한 사랑

쉽게 말해, 부부란 쇠사슬로 묶인 죄수이다.

따라서 부부는 발을 맞추고 걷지 않으면 안된다.

−고리키

부부간에도 가끔씩 애정을 확인할 필요가 있다.

부부란 각기 다른 개성의 소유자인 남녀가 하나의 공동 목적을 향하여 가는 결합된 존재이다. 이 경우에도 단순히 육체적인 결합만으로는 부부라는 관계가 성립되지 않는다. 부부는 근원적으로 애정, 즉 사랑이라는 깊은 영혼적 교류가 있음으로써 성립된다. 물론 정신적인 사랑만으로 부부의 관계가 이루어지는 것은 아니지만 부부라는 관계를 유지해 나가는 데 있어서 서로 깊은 심연에서부터 우러나오는 사랑이 없어서는 안 된다. 사랑이 결여된 육체만의 부부, 육체가 없는 정신만의 부부는 완전한 부부의 상태가 될 수 없다.

사랑은 인간의 본성이다. 또한 생의 본능이기도 하다. 그리고 사랑은 성의 본능이다.

신념있는 삶을 살아갈 때

그대의 신념에 따라 결정을 내리고 행동하는 것이 좋다.

-그라시안

신념이 없는 인생은 목적이 없는 인생과 같고, 목적이 없는 인생은 동물적 욕구 충족에만 머무르는 삶이라 아니할 수 없다. 신념이 있는 정치가는 소신 있는 정책을 수립하고 실천할 수 있을 것이며, 상업인은 건전한 상도덕을 지킬 것이며, 종교인은 사심없는 사랑의 전도사가 될 것이며, 의사는 인술로 널리 병마를 퇴치할 수 있을 것이다. 신념이 결여되어 있으면 평탄한 인생 길에서도 회의와 좌절과 허무감을 떨칠 수 없을 것이다. 그러나 신념을 가지고 인생을 살아간다면 비록 가시밭길의 고난 속에서도 용기와 자기 실현의 기쁨을 느낄 수 있을 것이다.

강철은 어떻게 단련되는가

좋은 쇠는 뜨거운 화로에서 백번 단련된 다음에 나오는 법이며
매화는 추운 고통을 겪은 다음에 맑은 향기를 발하는 법이다.

—역경

"불은 쇠를 단련시키고 역경은 사람을 단련시킨다." 고대
로마의 철학자 세네카의 말이다.

나무에 가위질을 하는 것은 나무를 사랑하기 때문이다.
부모에게 야단을 맞지 않고 자란 아이는 훌륭한 사람이
될 수 없다. 겨울의 추위가 심할수록 오는 봄의 나뭇잎은
한층 더 푸르르다. 사람도 역경에 단련되지 않고서는 큰
인물이 될 수 없다. 좌절과 역경을 이겨내고 성공한 사람
들의 체험담은 한없이 많다.

고대 철학자 소크라테스의 부인은 성질이 고약해 소크라
테스를 평생 괴롭힌 것으로 유명하다. 러시아의 문호 톨
스토이도 악처와의 갈등으로 인해 불후의 명작들을 썼다
는 역설도 있다. 오늘의 역경과 좌절을 강한 인생수련의
계기로 삼아 다시 일어선다면 그것은 오히려 전화위복이
될 게 틀림없다.

자신을 비우며 살아간다는 것

그릇은 비어 있어야만 무엇을 담을 수 있다.

−노자

살아가는 세상의 모든 거리거리가 아름답기만 하고 또한 걸어가기에 편안하지만은 않다. 오히려 힘들고 고통스러워 좌절감을 느끼는 때가 더 많을지도 모른다.

그러나 질병에 시달린 후에 건강의 소중함을 깨닫게 되며, 물질을 잃고 난 후에 물질의 소중함을 깨닫게 되고, 싸우고 헤어진 후에 비로소 친구의 소중함을 깨닫게 된다.

그러므로 우리는 조금만 자신을 비우고 이웃을 살피면 금세 행복이 찾아오고 있음을 깨닫게 될 것이다.

나는 그 무엇도 아닌 나 자신

인생의 가장 큰 후회 중 하나는 스스로 원하는 사람이 아닌

다른 사람이 원하는 사람이 되는 것이다.

−새넌 알더

 인간은 가르침의 대상이기 이전에 스스로 타고난 인격을
바탕으로 주어진 환경에 적응할 수 있는 자생력을 가진
자아 주체적 존재이다.
따라서 생각과 활동을 포함한 모든 생활을 영위하는 데
가장 기본이 되는 것은 개인의 사고이다. 인간의 생각을
본질적으로 수정할 방법은 없으며 또한 그것을 반드시 그
렇게 수정하여야 할 이유도 없는 것이다.

지혜롭게 산다는 것

지혜로운 사람은 본 것을 이야기하고, 어리석은 사람은 들은 것을 이야기한다.

-탈무드

생각하는 갈대인 고로 제각기 다른 특성을 갖고 있기 때문일까. 사람마다 귀가 있다고 다 들리는 것이 아니다. 눈이 있다고 다 보이는 것이 아니다. 머리가 있다고 생각하는 것이 아니며, 가슴이 있다고 느끼는 것이 아니다. 들을 줄 아는 귀가 있어야 들리고 볼 줄 아는 눈이 있어야 보이는 것이다. 생각할 줄 아는 머리와 느낄 줄 아는 가슴이 있어야 바로 생각하고 옳게 느낄 수가 있는 것이다.

지식은 흔하지만 지혜는 드물다. 이론은 많아도 진리는 귀하다. 구호와 요설은 많아도 살이 되고 피가 될 양식의 소리는 드물다. 사람을 파멸로 이끄는 것은 천재지변이나 불가항력적인 자연의 힘이 아니다. 파멸의 열쇠는 바로 제 마음에 달려 있고 행을 선택하는 판단은 양심에서 우러나온다.

돈의 가치

때 묻은 돈도 돈은 돈이다. 돈은 어떻게 쓰느냐가 돈의 가치를 결정하는 것이다.

—유럽 속담

돈을 벌지 못하는 사람을 무능력한 사람이라고들 한다. 하지만 돈을 벌기만 할 줄 알았지 쓸 줄 모르는 사람은 더욱 어리석다.

그리고 돈을 쌓아 놓기만 하는 인간은 구두쇠이며, 벌지는 못하면서 쓰기만 하는 자는 방탕한 사람이다.

돈을 바르게 쓸 수 있는, 또 쓸 줄 아는 사람이 돈의 참 주인이며 모을 줄밖에 모르는 사람은 창고지기에 불과하다.

돈만 사랑하는 자는 돈의 하인이며 돈을 위해 모든 것을 버리는 사람이야말로 돈의 노예라고 아니할 수 없다.

베이컨은 "돈은 좋은 심부름꾼이다. 그러나 나쁜 주인이 될 수도 있다."고 했고, 본 후즈는 "돈은 좋은 종이다. 그러나 주인이 될 수는 없다."고 했다.

돈이 소리치면 진리나 진실은 침묵하게 될 때가 많다. 그래서 돈은 교만한 인간을 만들기 일쑤이고, 추태를 부리는 추악한 인간들을 호기 있게 떠들게 하는 크나큰 힘이 되기도 한다. 물론 물질 자체가 악의 화신이거나 죄 자체는 아닐 것이다. 물질은 얼마든지 선한 도구가 될 수 있다.

평화의 힘

평화는 힘에 의해서 유지되는 것이 아니다. 오로지 이해에 의해서 이루어진다.

−아인슈타인

평화스러운 사람은 지식이 많은 사람보다 더 선한 일을 할 수 있다. 반면에 탐욕적인 사람은 선도 악으로 만든다. 그리고 쉽게 악을 믿는다.

불만과 걱정을 가진 사람은 의혹으로 고통을 받게 된다. 먼저 그대의 친구에 대해서 힘을 다하라고 참견하기 이전에 그대 자신에 대해서 최선을 다하라. 만일 그대가 다른 사람에게 참아 달라고 부탁한다면 그대도 다른 사람을 위하여 참아 주어야 한다.

그대가 다른 사람을 노하게 하지 않을 만한 참사랑과 겸손함으로부터 얼마나 거리가 있는가를 알아야 한다. 모든 사람과 더불어 평화스럽게 살 수 있다는 것은 커다란 은혜이며 가장 권장할 만한 일이며 장한 일이다. 자기 자신 속에 평화를 지킬 수 있는 사람이 다른 사람과 함께 평화를 지킬 수 있다.

행복하게 책임 지기

매사에 당신이 책임져야 할 것은 당신의 의도가 아니라 당신의 책임이다.

-파울로 코엘료

모든 일에는 무엇보다도 책임감이 중요하다. 단순히 사무적인 약속으로서의 책임 이행에 머물러 있는 것이 아니라 그것을 넘어서서 우리들 인간에게 단 한 번밖에 주어지지 않는 일회성의 삶이 져야 하는 보다 더 근원적인 책임의 식이라야 한다.

몸과 몸의 접촉을 통해서 인간 생활이 시작되지만 영혼의 만남을 통해서 그 생활은 보다 원만하고 풍요로워질 수 있다.

결국 서로의 영혼이 디딤돌이 되고 빛이 되어 주는 것이 우리의 진정한 책임이다.

마음 문을 열게 하는 것

대화는 당신이 배울 수 있는 기술이다. 그건 자전거 타는 법을 배우거나 타이핑을
배우는 것과 같다. 만약 당신이 그것을 연습하려는 의지가 있다면,
당신은 삶의 모든 부분의 질을 급격하게 향상시킬 수 있다.
—브라이언 트레이시

삶의 현장에서 남을 나보다 높여 주는 일이란 결코 쉬운 일이 아니다. 남을 높여 주려면 아래의 두 가지 사실을 명심해야 하겠다.

첫째는 상대방의 말을 충분히 듣는 훈련이 필요하다. 잘 듣는 태도가 얼마나 중요한지에 대해 지도자들은 종종 잊어버리는 것 같다.

둘째는 잘 듣고 잘 이해해야 한다. 이해란 말은 상대방의 입장에서 생각하는 태도이다. 선입관을 버리고 열려진 마음으로 상대방을 이해하려고 할 때에 상대방의 마음을 열게 할 수 있다. 상대방이 마음의 문을 열면 비로소 내 뜻을 충분히 전할 수 있는 기회가 온다. 이 단계에 이르려면 부단한 인내와 훈련이 있어야 한다.

눈물이 있는가

눈물에는 선한 눈물과 악한 눈물이 있다.

선한 눈물은 오랫동안 자기의 마음속에 잠들어 있던 정신적 존재의 깨달음을

기뻐하는 눈물이고, 악한 눈물은 자기 자신과 자기의 선행에 아첨하는 눈물이다.

—톨스토이

선한 사람은 항상 슬퍼하고 눈물을 흘릴 일을 발견하게
된다. 자기 자신을 생각하거나 이웃을 생각 할 때 고통 없
이 이 세상에서 살 수 있는 사람은 아무도 없다는 것을 알
고 있기 때문이다. 그리고 자기 자신을 더욱더 알아보면
알아볼수록 더더욱 자신이 슬퍼할 수밖에 없다는 것을 알
게 된다.

그대가 만일 오래 사는 것보다 고귀한 죽음에 대해서 더
생각한다면 그대는 더 착하게 열심히 살 수 있을 것이다.
또한 그대가 지옥에 떨어져서 받을 고통을 생각한다면 당
신은 쉽게 고통과 비애를 찾을 수 있고 아무것도 무서워
할 것이 없게 된다.

따라서 인내하는 사람은 크고 전체적인 깨끗함을 가진다.

사람됨의 도리

사람을 강하게 만드는것은 사람이 하는일이 아니라 하고자 노력하는것이다.

−어니스트 헤밍웨이

물은 위에서 아래로 흐르는 것이 자연의 섭리이며 불은
위로 치솟는 것이 자연스런 성질이요, 나무는 구부러지는
것이 자연성이요, 쇠붙이는 단단한 것이 자연성이요, 흙
은 곡식을 키우는 것이 자연성이다. 동물은 생로병사 하
는 것이 자연스럽다. 그런데 사람도 이 천지의 자연 속에
서 나서 다른 동물들과 마찬가지로 생로병사에만 매달려
지낸다면 다른 동물과 조금도 다를 것이 없다. 그러므로
사람은 오행이 모두 갖춰져 있고 만물 속에 스스로 행동
하며 소천지(小天地)라 하는 것이니, 자연속에서 부자연함
없이 천지의 궤도 그대로 걷는 것이 사람 된 도리이다. 그
러니 만물이 생동하는 대자연의 궤도를 천지와 같이 가자
면 무엇으로 가능할 수 있을까? 금수 같은 삶을 면하기 위
해서는 천지의 궤도와 대자연을 본받아서 성인이 하신 말
씀을 배우고 몸소 체험하여, 위로는 하늘의 형상을 살피
고 아래로는 땅의 이치에 통달하며 가운데로는 사람의 일
을 살펴서 하늘과 땅과 사람이 할 도리를 하는 것, 이것이
참으로 사람 된 의무이며 책임일 것이다.

솔로몬의 지혜

타인의 지식에 의해 박식해질 수는 있으나
지혜로운 자가 되려면 자기 자신의 지혜가 있어야 한다.

-몽테뉴

지혜란 앎과 선과 아름다움의 통일체이다.

지혜로운 솔로몬 왕의 재판을 알고 있을 것이다. 두 여인이 젖먹이를 놓고 저마다 자기 아이라고 다투다가 솔로몬왕의 지혜를 빌려 재판을 받기로 하였다. 골똘히 생각하던 솔로몬 왕이 두 여인에게 아이를 칼로 잘라서 가져가라고 하자 아이의 진짜 엄마는 아이가 가엾고 끔찍한 일이라 아이를 포기하겠다고 했다. 솔로몬의 지혜는 어느여인이 아이의 친 어머니인지를 알게 해주었으며 어머니의 착한 마음을 밝혀 주었고, 자식에 대한 어머니의 사랑이 얼마나 아름다운지를 증명해 주었다.

인간이 행복하기 위해서는 또한 참다운 것이 무엇인지를알아야 하고 선하게 행동하여야 하며 아름다움을 판단한줄 알아야 한다.

의(義)를 지키는 사람

청렴(淸廉)과 절개(節槪)와 의리(義理)와 사양(辭讓)함과
물러감은 늘 지켜야 함(절의염퇴節義廉退)

－사자성어

의(義)의 갈망은 의를 삶의 기초로 삼는다는 뜻이다. 의란 공정, 무사, 정직, 인권 존중, 평등 사상 등을 의미한다. 옛 사람들은 의를 나라의 기초라고 하였다.

의가 없으면 터전이 흔들리는 집과 같아서 그 집은 무너질 것이다. 이는 마치 모래 위에 지은 집과 같아서 비가 내리고 바람이 불면 곧 무너질 것이 틀림없다.

의가 없다는 말은 부정과 불법과 착취와 뇌물과 악행이 마음대로 자행되는 상태를 가리킨다. 공의와 정직의 정신적인 터가 되어야 건전한 인격을 행사할 수 있다. 공평할 줄 알고 정직할 줄 알고 진실할 줄 아는 그 기초 위에서만 인간다움이 형성된다. 나라나 사회의 기초도 '의'로 이루어져야 하지만 개인의 인격적 기초도 '의'가 바탕이 되어야 한다.

창조적인 사람

당신은 바로 자기 자신의 창조자이다.

−데일 카네기

인간은 스스로를 창조하는 동시에 세계를 창조한다.

다시 말해서 인간은 자신의 삶과 세계를 구성한다. 식물이나 동물은 자연에 순응하면서 살지만 인간은 이미 자연을 자신과 대립하는 대상으로 여김으로써 자연에 순응하기도 하고 자연을 정복하여 이용하기도 한다.

더욱이 인간은 자신의 자아를 둘로 나누어서 하나는 '생각되는 나'로 그리고 또 하나는 '생각하는 나'로 규정짓는다. 이렇게 볼 때 우리의 앎은 창조적인 자아의 구성이라고 말할 수 있겠다.

우리들 각자는 자신이 공유한 삶 안에서 앎과 삶의 끊임없는 관계를 무한히 구성하는 것이다.

높이 나는 새가 멀리 본다

목표는 커야 한다. 작은 목표는 작은 성취감만 느끼게 할 뿐이다.
목표가 커야 성취감도 크고 자신의 능력을 극대화 시킬 수 있다.

─지그 지글러

이 세상에서 가장 불행한 인간 중의 하나는 의욕과 희망을 모두 상실한 사람이라 하겠다.

우리가 보람된 삶을 살아가는 데 있어 중요한 것은 재능이나 소질이 아니다. 100의 재능이 있어도 30의 의욕밖에 없으면 그 사람은 30의 일밖에는 하지 못한다. 그러나 60의 능력을 갖춘 사람이 80의 의욕을 가지고 살면 언젠가는 80의 결과를 남기게 된다.생활에 의욕이 없는 사람은 희망과 목표가 없다. 의지와 의욕은 희망을 전제로 하며 희망은 의욕을 일깨워 줄 수 있기 때문이다.

인생이란 어떤 목표와 목적을 갖고 있는가에 따라 성공의 여부가 결정된다. 이 목표와 의욕 사이에는 가느다란 줄 같은 것이 연결되어 있어서 그 중에 하나를 잃으면 다른 하나는 자연히 의미를 상실하게 된다.

따라서 하는 일들은 발 앞에 있을지언정 사랑의 대상이 높은 데 있는 사람들, 그들은 언제나 앞서가는 인물이 되는 것이다.

일의 순서를 가려라

먼저 당신이 원하는 것을 결정하라.

그리고 그것을 이루기 위해 당신이 기꺼이 바꿀 수 있는 것이 무엇인지 결정하라.

다음으로 그 일들의 우선순위를 정하고 곧바로 그 일에 착수하라.

-H. L. 린트

지성을 갖춘 사람은 서두르는 일은 있어도 허둥대는 법은 없다. 허둥대면 일을 망친다는 것을 잘 알고 있기 때문이다. 서둘러서 일을 완성시키는 일은 있어도 서두름으로써 일이 아무렇게나 되지 않도록 항상 마음을 쓰고 있는 것이다.

소심한 자가 허둥대는 것은 부과된 일이 자신의 힘에 부친다는 것을 알았을 때이다. 자신의 능력으로는 어쩌할 도리가 없다고 생각하기 때문에 허둥대며 뛰어다니고, 골머리를 썩이고, 결국 혼란에 빠져서 무엇이 무엇인지 모르게 된다.

더 혼란스럽게 하는 이유는 이것저것 모두 한꺼번에 해치워버리려고 하기 때문에 어느 것에도 손을 댈 수 없게 되기 때문이다.

마음을 다하여 감사하라

감사하고 받는 자에게는 풍성한 수확이 따라온다. 말만으로서 감사하는 것은
믿을 만한 것이 못된다. 진정한 감사는 마음으로 감사하고 행동으로 나타내라.

−블레이크

참다운 믿음은 감사하는 마음에서 완성된다.

감사하는 마음속에는 불평이 없다. 원망도 없다. 미움도
시기도 없다. 더 이상의 욕심 때문에 괴로워하지도 않는
다. 다만 주어진 현재가 감격스러울 뿐이다. 원망하지 말
고 감사해 보라. 억지로라도 감사하다는 말을 모두에게
해보라. 책임전가의 대상을 찾으려 하지 말고 감사의 대
상을 찾아보라. 사실 행복과 불행은 마음먹기 나름이다.
어떤 것이든 반 밖에 없다고 생각하면 불만이 생기고 짜
증이 날 것이다. 하지만 아직도 반이나 남았다고 생각하
면 감사하는 마음이 생길 것이다.

하나를 불평하면 열 가지의 원망거리가 생긴다. 불평이
많으면 많을수록 그 삶에는 통증이 가실 날이 없다. 불평
하는 사람은 아무리 좋은 것을 보아도 짜증이 날 뿐이다.
그러므로 진정으로 감사하는 사람이 되도록 하자.

성공하는 사람이 다른 이유

당신이 진정으로 믿는 일은 반드시 이루어진다. 그 믿음이 그것을 실현시킨다.

—프랭크 로이드 라이트

많은 사람들이 악마의 앞잡이인 세 가지 악 때문에 인생을 실패로 끝내는 경우가 많다. 그것은 괴팍함, 냉담, 겁많은 이 세 가지의 병이다.

어떤 사람은 괴팍해서 실패한다. 성격이 신랄하고 생각하는 것이 소극적이고 마음에 가시가 돋혀 있다. 또 어떤 사람은 냉담하기 때문에 실패한다. 마음이 차갑고 사람들을 매료하는 따뜻한 애정이 결여되어 있어 생활 속에서 사랑을 찾아볼 수가 없다. 그리고 어떤 사람은 겁이 많기 때문에 비뚤어진 인생을 보낸다. 그들은 행동에 앞서 안전의 보장을 요구하고 실행에 옮기기 이전에 모든 문제가 해결되지 않으면 안 된다고 주장한다. 그렇지만 신념을 가지고 마음을 조절할 수 있는 사람들은 따뜻한 배려로 마음의 가시를 부드럽게 하고 상냥한 태도로 차가운 마음을 따뜻하게 하며 겁을 내몰아서 대담한 마음을 키울 수가 있으므로 성공할 수 있는 것이다.

완벽주의에서 나를 자유롭게

내 모습 그대로 미움 받는 것이 너 아닌 모습으로 사랑 받는 것보다 낫다.

—앙드레 지드

합리적인 사고를 할 수 있는 원칙은 자신이 항상 인정받고, 유능하고, 성공해야 한다는 완벽주의를 버리고 또한 자책이나 자기 비판의 습관을 버리고 변화를 위해 실천적 노력을 하는 것이다.

비합리적 사고는 자신이 모든 사람들로부터 늘 사랑과 인정을 받아야 하고 매사에 유능해야 하며 그리하여 자신이 하고자 하는 일을 모두 이룩해야 한다고 믿는 데 있으며, 자신이 두려워하는 일이 언제 어느 때 생길지 몰라 그것에 대비해서 늘 걱정하고 있는 것도 하나의 특징이다.

우리들은 '비합리적'인 사고를 하고 있는지를 생각해 보고 '비합리적'인 사고가 떠오를 때마다 그것을 종이에 메모하여 '합리적'인 사고로 전환하는 의식적인 노력을 해야 한다. 모든 일이 반드시 내 뜻대로 되어야 할 이유가 없다고 생각하며 현실을 있는 그대로 받아들일 수 있도록 해야 한다.

인간이란 '살아 있다는 것' 그 자체로도 충분한 가치와 행복할 권리가 있음을 아울러 알아야 한다.

아름다운 목표

정확한 목표 없이 성공의 여행을 떠나는 자는 실패한다. 목표 없이 일을 진행하는 사람은 기회가 와도 그 기회를 모르고 준비가 안되어 있어 실행할 수 없다.

—노만 V. 필

인간은 인생의 목적이 필요하고 또 그것의 성격이 뚜렷하고 도덕적일 때 그것을 성취하는 과정에서 진실 된 인생의 의미와 보람을 느낄 수 있는 법이다.

만약에 이런 방향의 목표 설정이 가능하다면 그 목표는 최대의 것이어야 한다. 깨끗한 영혼과 순수한 마음으로 최대의 내적 성숙을 바라면서 이웃과 민족의 안녕을 바라는 삶의 추구 그것이야말로 최대 최선의 목표일 수밖에 없다.

장거리 마라톤 선수처럼

꿈이 실현되지 않는 원인은 그 바람이 비현실적이기 때문이 아니라,

그 바람을 실현하고자 하는 의지와 노력이 부족했기 때문이다.

−다케우치 히토시

사람들은 장거리 마라톤 선수처럼 꾸준한 노력이 있어야
하며 아울러 착하고 바른 마음을 언제나 가슴속에 가꾸어
가야하며 또한 이성적이어야 한다. 선함은 노력의 올바른
방향을 제시하고, 이성은 목적의 한계를 인식하며 만족하
는 능력을 주기 때문이다.

최고의 목표도 하나의 작은 목표에서 시작되어 순조롭게
이루어낼 수 있다.

일등보다는 최선을 다하는 마음을

당신의 노력을 존중하라. 당신 자신을 존중하라. 자존감은 자제력을 낳는다.
이 둘을 모두 겸비하면, 진정한 힘을 갖게 된다.
−클린트 이스트우드

자신에게 주어진 환경과 직책에 충실하는 것이 자신을 스스로 단속하는 길이다.

사람의 길은 마음속에서 먼저 열린 뒤 밖으로 열리는 법이다. 우리는 크고 높은 목표를 갖고 살아가야 하지만 그목표는 반드시 일등을 하는 것, 높은 지위에 오르는 것, 부자가 되는 것을 뜻하는 것이 아니라 자신이 걷는 길 위에서 최선을 다해 높은 뜻을 실천, 귀중한 보람을 열매 맺게할 수 있는 삶의 목표를 의미하는 것이라고 할 수 있다.

나만의 향기를 지녀라

다른 사람들을 흉내내면서 살지 말고, 자신 스스로를 찾고 자신 스스로가 되자.

-데일 카네기

사람의 행동에는 남과 같아지려는 행동과 남과 달라지려
는 행동 두 가지가 있다.

자존심이 강하고 자율 능력이 높은 사람은 남과 같아지는
것을 부끄럽게 여기고 남과 달라지려고 노력하지만, 그렇
지 못한 사람은 남과 달라지는 것에 불안과 열등감을 느
끼고 남과 같아지려고 애쓴다. 그래서 유행이라는 것이
이 사회를 휩쓸게 되는 것이다. 유행이란 가슴이 텅 빈 사
람들에게 불어오는 한줄기 바람에 지나지 않는다. 그러나
진실로 슬기롭고 알찬 사람은 자기 생각, 자기 목소리, 자
기다운 행동을 해려고 한다.

오늘만은

시간의 참된 가치를 알라. 그것을 붙잡아라. 억류하라. 그리고 그 순간순간을 즐겨라.

게을리 하지 말며, 해이 해지지 말며, 우물거리지 말라.

오늘 하루 이 시간은 당신의 것이다. 하루를 착한 행위로 장식하라.

-루즈벨트

오늘만은 행복하다고 생각하도록 하자.

사람의 행복은 내면에서 오는 것이지 밖에서 오는 것이 아니다. 오늘만은 자기 자신을 모든 일에 맞추도록 노력하자. 사물을 자기 뜻대로 만들려 하지 말고 거기에 적응시키자.

오늘만은 자신의 마음을 굳게 가지자, 정신적인 게으름뱅이가 되지 말도록 하자. 오늘만은 유쾌하게 지내자. 남의 결점을 탓하지 말며 남의 깔보거나 꾸짖지 않도록 하자. 인생의 모든 문제를 단번에 결단을 내려 하지 말자. 오늘만은 남을 사랑하며 모든 사람들이 나를 사랑함을 믿으며 살아가자.

시작하라

어느 누구도 과거로 돌아가서 새롭게 시작할 수는 없지만
지금부터 시작해서 새로운 결말을 맺을수는 있다.

-카를 바르트

자각하는 삶을 살아라. 당신이 할 수 있는 것은 무엇이든
지 하라. 그러나 목격자로서 그것을 바라보라. 그리고 조
용히 관찰하라. 그것들을 잃지 마라. 빈틈없이 되라. 작은
것들에서부터 시작하라.

길을 걷는 것, 먹는 것, 목욕하는 것, 친구의 손을 잡는 것,
이야기하는 것 등 작은 것부터 시작하라. 그리고 알아채
라. 그러나 당신은 또 잊을 것이다. 그것을 다시 주워라.
찾아라. 그리고 그것을 다시 떠올려라.

자신과의 싸움에서

자신을 완벽하게 이길 수 있으면 다른 어떤 것도 쉽게 통달할 수 있다.

자신을 이겨내는 것이 가장 완벽한 승리이다.

-토마스 A 캠피스

자신을 실패자로 몰고 가는 것은 다른 사람이 아니라 자기 자신 내부에 있는 불안과 근심이다. 지금 당장이라도 우리 모두는 소설보다 진한 보람된 인생을 살 수 있다. 늘 시간이 없다거나 시간이 부족하다는 실패자의 변명 같은 생각은 버려야 한다.

사실 인생은 지금이라도 계획과 실천력만 바로 서면 보람된 인생을 살 수 있는 충분한 시간이 있다. 누가 자신에게 더 큰 채찍질을 했느냐에 따라 또 지금 하고 있느냐에 따라 승패는 좌우된다.

무엇보다도 질서는 하늘이 주신 첫 번째 법칙으로 자신의 삶의 질서와 규범을 지키기 위하여 자신을 엄하고 아주 강력하게 다스리는 자만이 자기 생명의 위대성에 도달할 수 있다.

자기와의 진실한 싸움을 하고 있는 사람은 자신의 가치를 매 시간 마다 너무도 크게 깨닫게 될 것이다. 그러므로 자기 자신과 싸워 이기도록 하자.

진리를 찾는 젊은이에게

내가 만나는 사람은 누구나 그 어떤 면에서 나보다 더 낫다.

그런 점에서 나는 그에게서 배운다.

−랄프 왈도 에머슨

사람이 바르게 살고 최상의 진리에 도달하기 위해서 어떠한 도덕을 지키고 어떠한 행동을 해야 하며 어떠한 행위를 부지런히 해야 할 것인가. 그것은 손윗사람을 공경하고 시기하지 말며 스승을 만나 법에 대한 이야기를 들을 기회를 얻어서 설법을 지성으로 들어라.

고집을 버리고 겸허한 태도로 때를 맞추어 스승을 찾아가라. 사물과 진리와 자제와 청정한 행동을 마음에 두고 이를 설명하라.

사람이 성급하거나 게으르면 지혜도 학식도 늘지 않는다. 진리를 찾는 자들이여! 부디 세월을 헛되이 보내지 말라.

내가 좋아하는 것을 발견하라

좋아하니까 하게 되는 그런 일을 하라. 그러면 성공은 저절로 따른다. 자신이 좋아하

는 일을 하는 사람은 누구나 열정과 에너지를 그것에 쏟아 붓는다.

자신이 진정으로 하고 싶은 일을 찾아 하는 것, 그것이 가장 중요한 일이다.

－노만 빈센트 필

독서는 의무가 아니다. 어떠한 명작을 다만 유명해서 그
것을 알아야 한다는 이유로 억지로 읽는다는 것은 대단히
잘못된 생각이다.

누구나 자신 스스로가 읽는 일, 아는 일, 사랑하는 일을 자
연스럽게 시작하지 않으면 안 된다. 어떤 사람은 학창 시
절에 아름다운 시를 사랑하는 자신을 발견하게 될 것이
고, 어떤 사람은 역사, 어떤 사람은 고향의 전설을 사랑하
게 되고 또 어떤 사람은 민요에의 애착을, 또 다른 사람은
우리의 감정을 정확히 탐구하고 탁월한 지성에 의하여 해
석하는 경우 독서의 매력을 찾게 될 것이다.

질투의 본질

나보다 나은 사람을 보고 질투하지 말며, 내가 남보다 낫다고 교만하기 말라.

-우바새계경

질투심이란 일종의 자기 열등감의 표현이다.

자신만만한 사람은 남의 일을 질투하지 않는다. 학문에 열중하고 있는 사람은 큰 회사의 사장이 자가용을 타고 가는 것을 보고도 부러워하지 않는다. 그는 자기가 연구하는 학문에 만족하고 그것을 자랑으로 여기고 있기 때문이다. 그렇기 때문에 질투에 대한 가장 좋은 치료법은 자기 자신의 능력을 더욱 연마하고 자신을 키우는 데 있다.

끊임없는 전진

사람 앞에 무슨 일이 생길 것인가 묻지 말라. 오로지 전진하라!

그리고 대담하게 나의 운명에 부딪쳐라! 이 말에 복종하는 사람은 물새 등에

물이 흘러 버린 듯 인생의 물결은 가볍게 뒤로 사라진다.

－비스마르크

남을 아는 사람은 현명한 사람이요, 자기 자신을 아는 사람은 덕이 있는 사람이다.

남을 이기는 사람은 힘이 강한 사람이며, 자기 자신을 이기는 사람은 굳센 사람이다.

죽어가면서 나는 이것으로 영원히 없어지는 것이 아니라는 깨달음을 얻은 사람은 영원한 생명을 얻는다.

인생에 있어서 가장 큰 기쁨은 '너는 할 수 없다'고 세상 사람들이 말한 것을 해내는 일이다.

그러므로 인생의 목적은 끊임없는 전진이다.

나를 돌아보라

매일 반성하라. 만약 잘못이 있으면 고치고 없으면 더 반성해보라.

―주자

사람을 사랑하되 그가 나를 사랑하지 않거든 나의 사랑에 부족함이 없는가를 살펴보라.
사람을 다스리되 그가 다스림을 거부하거든 나의 다스림에 잘못이 없는가를 살펴보라.
사람을 존경하여 보답이 없거든 나의 존경에 모자람이 없는가를 살펴보라. 행하여 얻음이 없으면 모든 것에 대한 나 자신을 반성하라.
내가 바르면 천하는 모두 나에게 돌아온다.
군자가 두려워하는 일이 세 가지가 있다. 그것은 천명을 두려워하고, 대인을 두려워하며, 성인의 말씀을 두려워하는 것이다.

다섯 가지의 악(惡)

죄악에는 허다한 도구가 있지만 그 모든 것에 공통적으로 적용되는 것은 거짓말이다.

-호메로스

사람에게는 절대로 용서받을 수 없는 다섯 가지의 악함이 있다.

첫째, 만사에 빈틈이 없고, 시치미를 뚝 떼고, 음흉하게 나쁜 짓을 하는 것.

둘째, 하는 일은 조금도 공정하지 않으면서 겉으론 매우 공정한 체하고 강직한 체하는 것.

셋째, 거짓말투성이면서 구변은 좋아서 그럴듯하게 사탕발림 같은 소리를 잘하는 것.

넷째, 성품은 흉악한데 기억력이 좋고 박학다식한 것.

다섯째, 독직과 부정을 일삼으면서도 한편으론 많은 사람들에게 은혜를 베풀며 청렴하고 정직하며 깨끗한 체 하는 것 등이다.

인간은 누구나 거짓말을 하거나 잘못을 저지를 수도 있다. 그러나 그 잘못을 진심으로 뉘우치고 바로 행할 때에 비로소 용서를 받을 수 있게 되고 남을 이해시키고 감동시키며 움직이게 하는 위대한 힘도 진실 앞에서만 가능한 것이다.

오늘 씨를 뿌려라

오늘 일어나는 것이 무엇이든 간에 참고 견디라.
이것이 내일을 찬미케 하는 유일한 길이다.

-R. L. 캘리엔

현재 당신이 종사하고 있는 일이 당신의 마음에 들지 않고 희망하는 길과는 전혀 다른 분야라고 할지라도 당신에게 주어진 일을 열심히 하는 동안에 대성하는 수도 있다. 또 현재의 일이 우리의 희망과는 관계가 없다 하더라도 먼 장래를 통해서 본다면 그것이 허사가 아닐 것이다. 목표와 방향이 뚜렷하지 못할 때라도 그날그날 자기가 맡은 일을 충실히 해나가는 사람은 저절로 길이 열린다. 오늘 할 수 있는 일, 해야 할 일을 하는 것이 오늘의 과제이다. 그것은 앞날을 기약하는 한 알의 씨앗이다.

'일어나라.' 할 일에 전력을 다하자. 그 누구라도 일하지 않으면 안 될 밤이 올 것이니 '오늘'이라고 부르는 이날 중에 일하라. 일하지 않고 살 수 있다고 하여 일하지 않는 것은 죄악이다.

최고의 미덕, 인내

인내의 밭에다 내가 고통을 심었더니 그것은 행복의 열매를 맺었다

–칼릴 지브란

인내는 가장 중요한 성품 중의 하나이다. 그리고 반드시 그 대가를 가져온다.

인내는 희망을 갖기 위한 기술이며 만족의 열쇠이다. 정의의 일종이며 천재에게 필요한 요소이다.

인내하여라. 지금의 슬픔도 훗날에는 이익이 될 수도 있다는 것을 믿어라. 인내는 모든 문을 열어주며 고난과 고통에 대한 최상의 치료가 된다.

행복이란 그 자체가 긴 인내이다. 그러므로 인간이 갖춰야 할 최고의 미덕은 언제나 인내이다.

최선을 다하고 있는가

네가 가지고 있는 최선의 것을 세상에 주라. 그러면 최선의 것이 돌아오리라.

-M. A. 베레

인생, 그것은 하나하나 쌓아가는 건설의 고투요, 창조의 발자취다.

이것이 없을 때 인생은 허무하다. 그러나 땀방울 없이 건설을 꾀할 수 없고 지혜로움 없이 창조를 바랄 수 없다. 먼저 땀을 흘려야 한다. 노력하여야 한다. 기적이나 요행을 바라기 전에 땀으로써 싸워야 한다. 동시에 나의 노력이 헛된 욕심의 발로가 아니요, 하늘의 이치에 맞도록 머리를 써야 한다. 그러면 사람이 지혜를 가졌다 할 것이다.

'나는 최선의 노력을 다 하였노라.' 고 마지막 한마디를 남길 수 있는 사람이 있다면 그것이 바로 거룩한 인생이리라.

올바른 정치의 참모습

국가의 불의는 국가를 몰락으로 이끄는 가장 정확한 길이다.

—W. E. 글래드스턴

사람은 태어나면서부터 정치적인 동물이라 할 수 있다. 정의는 바로 나라의 것이다. 왜냐하면 옳고 그름을 가리는 것은 나라라는 공동체를 바로 잡는 것이기 때문이다. 선거풍토를 깨끗하게 바로 잡지 않고서는 정치의 진실성을 기대할 수가 없다. 흙탕물 속의 싸움에서 청렴 강직한 의원이 탄생하리라 생각한다면 큰 잘못이다.

바둑판에 진지한 대국자가 마주 앉고 그 주변에 관전자가 있다. 관전자는 훈수꾼 노릇도 한다. 그들은 무책임하게 떠들어대나 대국자는 판세를 꿰뚫어 보아야 한다.

우리 정치 현실은 대국자가 없는 바둑판과 같다. 정치가다운 정치가는 찾아볼 수 없고 훈수꾼인 정치인의 소란만 시끄럽게 들린다.

정치의 요체는 책임이다. 책임은 진실성에서 우러나온다. 진실성은 윤리적 바탕에서 싹이 돋는다.

진실이 뜨겁게 달아올라야 정치 부재와 불신이 사라진다. 그것이 정치의 참 모습이다. 나라 권력의 부도덕은 주권자의 심판을 받아야 한다.

시도하라

사람들은 항상 그들이 처한 환경을 탓한다. 나는 환경을 믿지 않는다.

세상을 이끌어 가는 사람들은 자신이 원하는 환경을 찾아다니고 찾을 수 없으면

그 환경을 만드는 사람들이다.

-조지 버나드 쇼

매일 만나는 사람들에게 좋은 말을 하도록 하라.

그 어떤 경우에도 선하고 좋은 일을 생각하도록 하고 일부러라도 당신의 마음을 긍정적이고 적극적인 것으로 가득 채우라.

때론 부정적인 느낌과 적극적인 것으로 가득 채워보고, 그 기분이 아니라면 부정적인 느낌과 감정에 자신을 맡기지 마라. 분노를 사랑으로, 실망을 소망으로, 불평을 감사로 바꾸도록 힘써 보라.

마음속의 비뚤어진 것들, 천한 것들, 파괴적인 것들을 추방하고 다른 사람에게서 선하고 좋은 점만을 찾으라. 이웃을 사랑과 선의로 대해 주고, 다른 사람들에게 따뜻한 마음과 감사의 마음으로 대해 주어라. 그리고 이 모든 것들을 커다란 소리로 외쳐 보자.

아름다운 승리

참고 버티라 그 고통은 차츰차츰 너에게 좋은것으로 변할것이다.

–오비디우스

인간의 삶은 싸움의 연속이다.

그런데 싸우면 반드시 이겨야 한다. 패자는 말이 없다. 그리고 승리는 우연의 산물도 요행의 결과도 아니다. 승리는 지혜의 산물이요, 신념의 산물이요, 인내력의 산물이다. 인간은 위기에 처했을 때 결코 절망하지 않는다. 절망하지도 않는다. 오직 희망과 전진만이 있을 뿐이다. 위기를 극복하는 비결은 냉철한 지혜와 필승의 신념과 위기에 도전하는 용기와 인내력이다.

저 푸른 창공을 향해 오직 야망을 가지고 절망은 없고 오직 희망만 있다는 자신감을 갖도록 하자.

승자와 패자

나는 내 농구 경력에서 9000개 이상의 골을 넣지 못했다. 나는 거의 300경기에서 졌다.
나는 26번 승리를 위한 골 기회가 주어졌을 때 넣지 못했다. 나는 내 인생에서
실패하고 실패하고 또 실패했다. 그리고 그것이 내가 성공한 이유이다.

—마이클 조던

인생이 있어 성공한 사람은 무엇인가에 실패했을 때 자신이 잘못했음을 인정한다. 성공한 사람은 남보다 더 열심히 일하지만 여유 있게 달려가며 정확하게 계산하고 시간을 관리하면서 살고, 넘어지면 일어나 앞을 본다.

성공한 사람은 문제 속에 뛰어들어 눈이 오면 눈을 밟아 길을 만들고, 자기보다 우월한 자를 보면 존경하고 그 사람으로부터 배울 점을 찾고 강한 자에게는 강하고, 약한 자에게는 약하다.

성공한 사람은 몸을 바치고 행동으로 말을 증명하고 책임지는 태도로 살고 인간을 섬길 줄을 안다. 그렇게 하여 결국 감투를 쓰게 된다.

그러나 실패자는 실패했을 때 다른 사람 때문에 그렇게 되었노라고 말한다. 실패자는 늘 바쁘다고 떠들어대고 출발하기 전에 계산부터 한다. 실패자는 시간을 끌며 살고, 넘어지면 일어나 뒤를 본다.

스승의 자세

선생은 영원한 영향력을 안겨주는 사람이다.

그는 절대로 영향력이 어디에서 중지될지 말 할 수가 없다.

−헨리 아담스

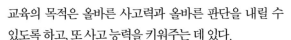

교육의 목적은 올바른 사고력과 올바른 판단을 내릴 수 있도록 하고, 또 사고 능력을 키워주는 데 있다.

교사는 학생들의 존경의 대상이 된다. 그리고 학생들은 교사의 모든 것을 닮는다고 한다. 그러므로 교사는 성장하는 학생들에게 많은 영향을 끼친다.

우리는 교사란 직업을 다른 직업인과는 다른 신성한 의무를 가진 성직자라고 보고 있다. 따라서 사리분별이나 비판의식이 부족한 학생들에게 의식화 교육을 한다는 것은 부도덕을 넘어서 이미 하나의 죄악을 저지르는 일이 아닐 수 없다.

무슨 일이 있어도, 어린 제자들을 자신의 주의와 주장을 주입하는 도구로 삼아서는 안 될 것이다.

교사의 인생 문제는 교육에 있어서 매우 중요한 요소이다. 교사는 교과서의 내용을 가르치는 사람이 아니라 인격의 형성자요, 인간 형성자이기 때문에 포용력이 있어야 하고 원만한 인간관계를 유지하며 정서적 안정과 훌륭한 교사의 특질을 가져야 한다.

참된 자유

어떠한 사상이나 독재 체제도, 총칼로써 자유를 갈구하는 인간의
기본적인 본능을 정복하거나 말살시켜 버리지는 못한다.

—박정희

자유란, 정치적인 자유만이 아니며 또 어떤 자유도 독점
할 수 있는 것이 아니다. 경제적인 자유 없이는 정치적인
자유도 있을 수 없다. 또한 경제적인 자유는 교육적인 자
유가 없이는 존재하지 못한다.

교육적, 즉 지적인 자유란 사상적 또는 이념, 즉 이데올로
기의 자유 없이는 존재하지 못하며 이념적인 자유란 좋고
또는 신앙적인 자유 없이는 스스로 서지 못하는 것이다.
그렇기 때문에 모든 자유의 뿌리는 인격이며 지식이며 양
심이고 그리고 신앙이다. 신앙의 자유와 양심의 자유가
주어질 때 비로소 여타 모든 자유가 주어지는 것이다.

진리를 알고 진리에 속하고 진리에 충성하여 자유롭게 되
고 그 자유가 주는 참된 힘으로 늘 승리하기를 바란다.

믿음의 상실

삶을 두려워 말아라. 삶은 살아 볼만한 가치가 있는 것이라고 믿어라.
그 믿음이 가치있는 삶을 창조하도록 도와줄것이다.

－로버트 H.슐러

남이 나를 믿지 않게 되면 나를 더 이상 상대하지 않을 것이다. 나를 상대해주는 사람이 없으면 나는 아무 일도 할수 없다. 그러므로 믿음은 모든 것의 기초이다.

조금만 흔들리면 아무리 화려한 고층 건물이라도 한꺼번에 무너지고 만다. 따라서 행복한 사람이란 다른 사람으로부터 신용을 얻은 사람이다.

현대인의 고민의 근원은 불신이라고 했다. 과학이 고도로 발달하고 물건이 산더미처럼 쌓여 있는데도 불구하고 만족하지 못하는 이유는 서로 믿을 수 있는 기초를 상실함으로써 삶의 의미와 방향을 잃었기 때문이다.

인생을 움직이는 힘

인내는 쓰지만 그 열매는 달다.

-장 자크 루소

인생에는 시련의 언덕이 있고, 고난의 바다가 있으며 슬픔의 절벽이 있고, 번민의 골짜기와 방황의 비탈길이 있다. 그리고 절망의 폭풍과 불안의 안개도 있다.

산다는 것은 시련을 극복하고 고난과 싸워 역경을 이겨내는 것이며 운명에 도전하는 것이다. 그러기 위해서는 극기의 힘이 필요하다. 따라서 어려움을 견뎌낼 수 있는 지구력을 지녀야 한다. 어떤 사람은 인생을 수련의 도장에 비유하기도 한다. 우리는 이와 같은 도장에서 힘을 기르고 덕을 쌓아야 한다.

그런데 힘과 덕은 저절로 생기는 것이 아니다. 그것은 수련의 산물이요, 노력의 결과요, 공부의 소산이요, 악전고투의 열매다.

희망의 힘

그 어떤 희망이든 자신이 품고 있는 희망을 믿고 인내하는 것이 바로

인간의 용기이다. 그러나, 겁쟁이는 금새 절망에 빠져 쉽게 좌절해버린다.

−에우리피데스

사람은 희망이란 것을 갈망하는 존재이다.

희망은 어둠, 공포, 고통 속에서도 피어난다. 20세기 인간은 전쟁, 혁명, 재난이 연속된 속에서 살았다.

하지만 사람들은 가장 어두울 때에도 희망하는 마음을 저버리지 않았다. 오직 희망을 꺼뜨리지 않음으로써 그들은 시대의 격랑을 헤치고 여기까지 올 수 있었다.

희망은 무기 아닌 무기요, 무기에 반대되는 것으로 여기에 신비적인 효험이 있다.

희망이란 실재를 믿고 실재 속에 위험을 극복할 수 있는 것이 있음을 긍정하는 것이다.

인생이 운명이듯 인생은 곧 희망이다. 따라서 운명적인 존재인 인간에게 산다는 것을 느끼기 위해서는 희망을 가지는 것이다. 희망은 공포보다 위에 있고 공포처럼 수동적인 것이 아니며 더구나 허무함에 갇히는 일도 없다.

오늘만큼은 두려워 하지 말자. 아름다운 것을 즐기다는 것, 사랑한다는 것, 사랑하는 사람이 사랑해 준다고 믿는 것을 두려워하지 말자.

더욱 중요한 것은 자신

겸손하되, 자신의 뜻을 분명히 밝혀라.

-앤드류 매튜스

자신의 지식을 자랑삼아 내세우지 말고 상대방의 말을 가로채거나 거스르지 마라.

새 날을 여는 오늘의 인사는 새롭고 상쾌해야 한다. 상대에게 뒷모습을 보이지 마라. 공술은 마시지 마라. 써야 할 때는 과감하게 투자하라. 내 시간이 소중하듯 남의 시간도 아껴라. 건강이 가장 큰 이익이고, 만족은 큰 재산이다. 어리석은 자를 만나지 않으면 더욱 마음은 편안하고 즐겁다. 아무리 성질이 고약하고 고집이 센 사람이라도 진지한 자세로 상대방의 말을 경청하라. 논쟁을 피하라. 칭찬하라. 유인하라.

원한을 가진 사람들 속에서라도 원한에서 벗어나라. 고뇌하는 사람들 속에서도 고뇌에서 벗어나 살자. 마음의 고요를 얻은 사람은 승패를 버리고 즐겁게 산다.

망설이지 마라

아는 것이 힘이던 시대는 지났다. 생각이든 결심이든 실천이 없으면 아무 소용이 없다. 아무것도 달라지지 않는다. '하는 것' 이 힘이다.

1퍼센트를 이해하더라도 그것을 실천하는 자가 행복한 사람이다.

-우종민 박사

실천하세요 그러면….

싫은 일을 해서는 안 된다. 싫은 일을 하는 것은 잔인한 일이다. 자기를 파괴한다.

인간이란 극단적으로 무엇인가에 열중하면 반드시 좋아진다는 성질을 가지고 있다. 성장하는 사람은 결단력과 행동력이 남보다 뛰어나다. 1시간의 인내는 10년 안락의 원천이다.

인내의 나무에 금이 열린다. 자신이 잘 할 수 있는 분야로 열등감을 없애라. 경영은 자본의 힘이라기 보다는 의사결정과 정보의 문제이다.

받는 것보다 주는 것이 즐겁고, 주는 것도 물질적인 것이 아니라 정신적인 것일 때 상대방이 가장 즐거워한다는 것을 서로 인식할 수 있게 되면, 인간적으로 성숙한 것이다. 한없이 높고 또한 넓게 뻗어 나가 보겠다는 인간의 욕구처럼 고귀한 것은 없다.

자신과의 싸움에서 꼭 이겨라

사람은 자기 자신과의 싸움을 시작할 때 비로소 가치있는 사람이 된다.

－브라우닝

좋은 아이디어는 특정인의 전유물이 아니다. 박식한 사람의 머리에서만 나오는 것도 아니다. 오히려 사고의 패턴이 단순하고 머리의 회전이 빠른 사람에게서 나온다.

열등하다는 감정은 누구에게나 있고 또 그것 자체로는 해롭지도 유익하지도 않다. 그러나 마음의 자세에 따라서 자신을 파괴하기도 하고 인간을 크게 만들기도 한다. 열등심은 절망감, 무력감을 불러 일으키고 도피 반응을 낳아 인간을 파괴해 버린다.

열등감에 사로잡히지 말라. 열등감에 사로잡히면 자기 혐오와 자기 부정의 포로가 되고 실행력을 위축시킨다.

무엇이 되든 한번 해 보자는 자세로 열중하면 무엇이든 만들어진다. 종이 한 장의 차이로 새로운 것이 탄생되는가, 그러지 않은가가 결정되는 것이다.

약도 먹지 않으면 효과가 없다

세상에서 가장 이자가 높은 은행은 '도전'이라는 이름의 은행이다.
쓰면 쓸수록 줄어드는 것이 아니라 오히려 몇 배가 되돌아온다.
따라서 도전은 하면 할수록 유리하다.

—나카타니 아키히로

아무리 좋은 약이라도 먹지 않으면 아무 소용없다.
참다운 지식은 경험밖에 없다. 행동과 체험만큼 소중한
것은 없다. 망설이다가는 행동의 시기를 놓쳐버린다. 실
패를 두려워 하는 조심성도 좋지만 지나치면 아무것도 못
하게 된다. 시도하지 않으면 기회는 사라진다.
넘쳐 흐르는 실행력이 성공의 관문이다. 냉철한 판단력이
성패를 결정짓는다. 결단을 내리는 데는 판단력이 필요하
지만 용기도 있어야 한다. 약이 불쾌한 맛을 내야 한다는
필연적 이유는 없지만 대체로 좋은 약이란 쓴 법이다.
일을 열심히 하다 보면 예상치도 못했던 지혜가 떠오르며
열심히 하겠다는 의욕도 생긴다. 기회는 누구에게나 찾아
온다. 그러나 기회를 활용할 줄 모르는 사람에게는 아무
리 좋은 기회가 찾아온다 하더라도 휴지 정도의 가치조차
없다. 과거에 얽매이면 마음 자체가 후퇴될 위험이 있다.

기회는 재빨리 붙잡으라

기회가 눈앞에 나타났을 때 이것을 붙잡는 사람은 십중팔구 성공한다. 뜻하지 않은

사고를 극복해서 자신의 힘으로 기회를 만들어 내는 사람은 100퍼센트 성공한다.

−데일 카네기

어떠한 목표를 정하고 자기 자신을 투입함으로서 집중 에너지를 증대시키고 있으면 몸이 나른해지고 주위가 산만해진다. 그러므로 일을 할 때는 집중과 휴식을 반복할 필요가 있다.

하나의 기회가 다음 기회를 낳는다. 하루종일 일에 몰두하다가도 어떤 생각이 떠오르면 재빨리 기록해 두고 잠재의식의 활동을 기다리는 것이 좋다. 무리를 하면 재능이 발휘 될 수 없다.

일을 즐기는 사람일수록 자신도 믿기 어려울 것 같은 능력을 발휘한다. 인간의 운명이 결정되는 것은 순간이다. 스스로 기회를 저버리면서 자기에게는 기회가 없었다고 생각한다.

기회의 여신은 앞 머리카락에만 있으므로 재빨리 붙잡지 않으면 금방 도망가 버리고 만다.

누구나 다 천재가 될 수 있다

굳은 인내와 노력을 하지 않는 천재는 이 세상에서 있었던 적이 없다.

—뉴턴

당신의 가치를 발견하고 충분히 발휘할 수 있는 곳은 당신의 직장, 당신이 하고 있는 일이다. 성공의 비결은 묻지 말고, 해야 할 일에 전력을 기울여라. 태양을 쳐다보라. 그러면 그림자는 보이지 않으리라.

재능은 누구에게나 있다. 결점이 없는 사람은 존재하지 않는다. 환경이 인간의 성격 형성에 끼치는 영향은 참으로 크다. 성격은 습관적인 사고 방식을 바꾸면 바뀔 수 있다. 잠재 의식을 향상시키고 자기의 이익을 위해 활동하게 하라.

천재는 평범에서 비범을 끌어내는 뛰어난 능력을 갖고 있다. 천재들의 정신 집중력은 약한 광선이 렌즈의 한 점에 집중되어 불을 일으키는 것과 같다. 왕성한 집중력과 창조욕을 갖고 끊임없이 노력한다면 누구나 천재가 될 수 있다.

절대 포기하지 마라

다른 사람이 무엇을 하는지 신경 쓰지 말라. 더 나은 당신이 되기 위해 노력하고

매일 당신의 기록을 깨뜨려라.

－윌리엄 보엣커

능력 개발은 우리가 지니고 있는 잠재 능력을 개발해 가는 것이다. 나는 큰 재질을 갖추고 있다. 내가 맡아 하고 있는 일은 중요하다고 생각하면 나날이 발전하여 성공할 수 있다. 조금만 더, 10%만 더 노력한다면 평범한 세계에서 특정한 세계로 끌어 올릴 수 있다.

하나를 가지고 있을 때 둘을 원하는 것은 악마에게 문을 열어주는 것이다. 불필요한 욕망은 삶의 거품만 만들어 낼 뿐이다. 탐욕은 고통과 번뇌만 안겨 줄 뿐이다.

당신이 향상할 수 있느냐 없느냐는 당신의 노력 여하에 달려 있다. 인생 설계를 할 때 자신의 모습을 정확히 알고 자기 개선의 노력을 해야 한다.

정말 가치 있는 것은 황금의 알을 낳을 수 있는 새이다. 얼마만큼 할 수 있느냐 하는 것은 자기가 얼마만큼 할 수 있다고 생각하느냐에 달려 있는 것이다. 할 수 없기 때문에 포기하는 것이 아니라 포기하기 때문에 할 수 없는 것이다.

사소한 것에도 감사할 줄 아는 사람

사소한 친절, 사소한 사랑의 말이 이 세상을 천당처럼 행복하게 만든다.

—카네디

마음이 착한 사람은 친절한 일을 할 때마다 무한히 즐거
워지고 그 즐거움은 보람이 된다.

증오의 불길이 자기 몸 안으로 들어 온다면 바로 꺼 버려
라. 가치가 있는 것에만 전력을 쏟아라. 우리는 사랑을 통
해 성장한다. 선은 결코 사라지지 않는다. 행동을 조절함
으로써 감정을 간접적으로 조정할 수 있다.

자기가 바라는 것이 손에 들어오지 않더라도 지금 가지고
있는 것에 대하여 감사할 줄 알아야 한다. 사소한 것이 손
에 들어오지 않는다고 불평하지 말고, 감사해야 할 커다
란 것이 자기에게 있다는 것을 항상 생각하라.

거친 말을 하지 마라. 가는 말이 고와야 오는 말이 곱다.
분노의 말은 고통이 된다.

남의 결점보다 나의 결점을 찾아 보라

자신의 결점을 잘 알고 있는 사람은 남의 결점에 대해
이렇다 저렇다 잔소리를 하거나 추궁하는 일이 결코 없다.

−사디

인간은 자기 자신으로부터 많은 것을 끌어 낼 수가 있다. 결단과 인내에 의해서 자기의 건강을 되찾을 수 있게 된다. 그러므로 인생을 있는 그대로 살자. 감사함을 잊지 말자.

상대방의 입장이 되어 볼 수 있고 상대방의 마음을 이해할 수 있는 사람이라면 장래를 걱정할 필요가 없다. 좋은 습관은 적은 희생들을 쌓아 올림으로써 길러지는 것이다. 누구나 자기를 칭찬해 주면 상대에게 호감을 보여 줄 것이다.

타인의 결점을 잊어버리고 자신의 결점을 찾아내서 깊이 명심하라. 상대방에게 정성을 다하라. 말투, 행동, 마음가짐은 솔직한 것이 좋다. 자기가 원하는 대로 살아가도록 남에게 강요하는 것은 이기주의다.

가식의 웃음을 보이거나 마음에 가면을 쓰지 않고 진심으로 대하는 친절에는 결코 저항할 수가 없다.

오늘을 두려워 하지 마라

미래가 그대를 불안하게 하지 말라. 해야만 한다면 맞게 될 것이다.

현재에 맞서 오늘 그대를 무장시키는 이성이라는 동일한 무기가 함께 할 것이다.

－아우렐리우스 안토니우스

자기 자신을 속이는 마음이 가장 사람을 피로하게 만든다. 듣기 좋은 달콤한 말도 경고가 될 수 있으며 겸손에 대한 권고도 될 수 있고 인생의 길잡이도 된다. 진심어린 도움의 힘은 영혼을 생기있게 한다.

열심히 일한다는 것은 참으로 훌륭하다. 과거에 지나치게 집착하면 인생은 곧 지옥이 된다. 깨끗하고 선량한 사람의 마음에는 타락이나 쾌락과 같은 한 점의 오점도 존재하지 않는다.

마이너스를 플러스로 전환시키는 점에 인생의 묘미가 있다. 항상 현재를 꼭 붙잡아라. 오늘이야 말로 항상 우리들의 최상의 날이어야 한다. 사람은 자기 스스로 행복해지려고 결심한 만큼 행복해진다.

오늘만큼은 두려워 하지 말자. 아름다운 것을 즐긴다는 것, 사랑한다는 것, 사랑하는 사람이 사랑해 준다고 믿는 것을 두려워하지 말자.

칭찬은 모든 것을 이룰 수 있는 힘

남이 좋은 점을 발견할 줄 알아야 한다. 그리고 남을 칭찬할 줄도 알아야 한다.
그것은 남을 자기와 동등한 인격으로 생각한다는 의미를 갖는 것이다.

−괴테

자부심을 갖고 머리를 높이 세우자. 인생은 그 사람 생각의 소산이다. 자신을 격려하라. 칭찬에는 언제나 능력을 키우는 힘이 있다.

하려고 하는 의욕을 잃어버리지 않는 한 실패란 없다. 뒤에 가는 자는 먼저 간 사람의 경험을 이용하여 두 번 다시 실패를 되풀이하지 말자. 시간이 언제나 당신을 기다리고 있다고 생각하지 마라.

하루하루 전력을 하지 않고 보람이 있을 수 없다. 과거는 이미 존재하지 않고 미래는 아무도 알 수가 없다. 오늘을 소중하게 생각하라.

한 번밖에 주어지지 않는 인생, 창조를 위한 모험을 하지 않고 남의 흉내만 내면서 살아가는 것도 무방한 일이다. 사소한 일, 아주 작은 요구나 희망을 소중하게 생각하지 않고 팽개쳐 버리면 아무것도 이룰 수 없다.

사랑이 담긴 선물을 하라

사랑은 약속이며, 사랑은 한번 주어지면 결코 잊을수도 사라지지도 않는 선물이다.

-존 레논

선물은 마음의 무게와 빛깔을 담는 그릇이다.

아무리 실용가치가 높고 비싼 것이어도 선물에 담긴 사랑이 부족하면 좋은 선물이라 할 수가 없다. 선물을 하는 동기가 순수하지 못한 것도 마찬가지이다. 그것은 사랑의 정 대신 목적이 담겨 있기 때문이다.

이웃과 더불어 살다가 가슴 속 깊이 사랑의 맑은 샘이 솟아, 그것이 고이고 그 샘물이 넘쳐서 따뜻한 사랑의 정성을 그릇에 담아 보내면 그것은 그 무엇보다도 아름다운 선물이 될 것이다.

주는 정, 받는 정이 넘치는 아름다운 세상은 얼마나 살맛이 나겠는가! 그러나 좋은 선물을 보내는 일은 쉽지가 않다. 보답하는 일은 더욱 쉽지가 않다.

아름답고 밝은 미래를 만들어 보자

조금도 위험을 감수하지 않는 것이 인생에서 가장 위험한 일일 것이라 믿어요.

-오프라 윈프리

꿈을 가진 사람은 자신의 비전에 모험해야 하고 도전해야 하며 대가를 지불해야 한다. 미래는 다가오는 것이 아니라 얼마나 노력했는가에 따라 선택되고 만들어지는 것이다.

당신은 세상을 조금 더 아름답고 환하게 만들어야 한다. 그것은 네가 살아온 곳이기 때문이다. 두려워 말고 모험하라. 과감하게 도전하라. 비전을 가진 자는 모험하고 도전하는 사람이다.

비전을 가진 자의 인생은 아름답다. 작은 실천만이 우리의 영혼을 아름답게 만든다. 더 열심히 노력하라. 포기하지 말라. 절대 포기하지 말라.

좋은 습관이 멋진 인생을 만든다

만일 의식적으로 좋은 습관을 형성하려고 노력하지 않으면
자신도 모르는 사이에 좋지 못한 습관을 지니게 된다.

−디오도어 루빈

청춘이란 인생의 어떤 기간이 아니라 마음가짐을 말한다.
청춘이란 인생의 깊은 샘의 청신함을 말한다. 청춘이란
두려움을 물리치는 용기, 안이함을 선호하는 싸움을 물리
치는 모험심을 의미한다.
대인 관계에 최선을 다하자. 자기의 꿈을 갖자. 삶에 대한
분명한 목표와 의욕이 있다. 젊은 시절의 좋은 습관이 멋
진 인생을 만든다. 미래의 이력서를 쓰자.

꿈을 가지고 노력하자

꿈을 계속 간직하고 있으면 반드시 실현할 때가 온다.

－괴테

반드시 이루어진다.

가장 높이 나는 갈매기가 가장 멀리 본다. 세상에서 필요한 사람, 세상에 필요한 일을 하는 사람이 되라. 좀 더 가치있는 시간, 좀 더 값있는 시간을 살라.

우리의 삶은 귀중한 시간의 연속이다. 시간의 귀중함을 모르는 자는 무지로 인해 자기의 값진 자원들을 낭비할 수 밖에 없다.

'치우치지 말자. 최선을 다하자. 순수하자'를 좌우명으로, 역경을 딛고 일어나 영국의 총리가 된 사람이 바로 존 메이저이다.

사람을 지배하는 거대한 힘 가운데 하나는 뚜렷한 목적을 갖는 것이다. 하나의 목적을 달성하기 위한 삶을 살기 시작할 때 목소리와 옷차림, 외모와 동작 하나하나까지 변화하게 되는 것이다.

운 좋은 사람이 되어 보자

행운은 눈이 멀지 않았다. 따라서 부지런하고 성실한 사람을 찾아간다.

앉아서 기다리는 사람에게는 영원히 찾아오지 않는다.

걷는 사람만이 앞으로 나아갈 수 있다. 노력하는 사람에게 행운이 찾아온다.

ㅡ클레망소

비전을 성취하는 것은 등산하는 사람이 정상을 정복하는 것과 같다. 정상을 정복하는 것은 쉬운 일이 아니다. 피나는 노력과 무한한 인내가 필요하다. 위대한 사람은 단번에 그와 같이 높은 곳에 뛰어오른 것이 아니다. 남들이 밤에 단잠을 잘 적에 그는 일어나서 괴로움을 참으며 일에 몰두했던 것이다. 사람은 대략, 항상 '안 된다, 못 한다' 고 생각하는 소극적이고 부정적인 사람, 줏대도 소신도 없이 변덕스러운 사람, 큰 소리로 떠들어 대지만 실제로 일을 제대로 못하는 사람, 그러나 자기 소신껏 밀고 나가는 적극적인 사람으로 나뉜다. 당신은 그중 어떤 사람인가. 어떤 사람이 될 것인가.

사람은 누구나 사람을 만나는 운이 중요하다. 운이 좋고 나쁜 것은 다 사람에 달린 것이다. 운은 사람이 만들고 사람에게서 온다. 귀인도 자기가 발견하고 자기 자신이 만드는 것이다.

오랜 친구는 재물과 같다

307. 오랜 친구가 주는 기쁨 중 하나는 함께 있을 때
얼마든지 천진난만해질 수 있다는 것이다.

－랄프 왈도 에머슨

세상에는 세 종류의 벗이 있다.

너를 사랑하는 벗, 잊어버리는 벗, 미워하는 벗이 그것이다. 또 용기와 분별과 통찰의 벗이 있다. 벗 없이 사는 인생은 죽은 인생이다. 친구의 대접을 받을 때는 천천히 가고, 어려움에 처해 있을 때는 빨리 가라. 좋은 벗을 만든다는 것은 큰 자본을 얻음과 같다.

오래된 것은 아름답기만한 것이 아니라 편안하기도 하다. 오래된 것은 무용지물이 아니다. 그것은 우선 개인적인 기억과 추억을 되살려 줄 뿐만 아니라, 사회 집단의 연속성과 정체성의 유지에 기여한다.

너 자신이 먼저 친구가 되라. 그러면 타인도 너의 친구가 될 것이다. 옛 친구보다 더 좋은 거울은 없다.

직접 행동으로 옮겨라

우리가 무엇을 생각하느냐, 무엇을 알고 있느냐, 무엇을 믿고 있느냐는
별로 중요하지 않다. 중요한 것은 결국 우리가 무엇을 행동으로 실천하느냐이다.

－존 로스킨

생각을 심으라, 행동을 거둘 것이다.
행동을 심으라, 습관을 거둘 것이다.
습관을 심으라, 성격을 거둘 것이다.
성격을 심으라, 신의를 거둘 것이다.
생각을 심으라, 생각 이상을 거둘 것이다.

자기가 몸담고 있는 곳은 언제나 깨끗이, 그리고 분위기를 아름답게 만들면서 열심히 일함으로써 부를 얻게 된다. 비전을 가지는 것은 사람이지만 그 사람을 만들어 나가는 것은 그가 가지고 있는 비전이다. 오늘 어떠한 어둠이 몰아친다 할지라도 현실 너머에는 반드시 희망찬 세계가 있다. 희망은 그 사람의 미래에 대한 야심이며 삶의 지표이다. 특히 불확실한 인간의 삶을 윤기있게 해주는 활력의 원천이다.

최고가 되려면 한 걸음씩 전진하라

나는 할 수 있다. 나는 해낸다. 나에게는 저력이 있다. 나에게는 오직 전진 뿐이다.

이런 신념을 지니는 습관이 당신의 목표를 달성시킨다.

너의 길을 걸어가라. 사람들이 무어라 떠들든 내버려 두어라.

－단테

꿈이 있는 자는 현재의 삶을 극복하는 사람이다. 꿈이 있는 자는 오늘의 유혹을 이겨내는 사람이다. 꿈이 있는 자는 어떠한 어려움도 이겨내는 사람이다. 꿈이 있는 사람은 자신을 지키고 작은 쾌락에 자신을 맡기지 않는다. 사람은 누구나 쾌락을 원한다. 그러나 꿈이 있는 사람에게는 그 욕망보다 더 큰 꿈이 있다.

누가 당신에게 돈을 꾸어 달라하면 당신은 주저할 것이다. 그러나 어디 놀러가자고 하면 당신은 쾌히 승낙할 것이다. 만일 사람들이 돈을 아끼듯이 시간을 아낄 줄 알면 그 사람은 분명히 성공할 것이다. 최고가 되기 위한 목표를 향해 작은 목표를 정하고 한 걸음씩 전진하라.

최고가 되려면 대가를 지불해야 한다. 경기에서 경이적인 성적을 얻으려면 그만큼 피땀을 흘려야 한다.

주는 사람, 나누는 사람이 되어 보자

행복은 다른 사람들과 함께 나눌 때 더 커지고 늘어난다.

–A. 닐렌

가장 진실된 강인함은 결코 사람들이 두려워하지 않는 힘이다. 만약 네 욕망을 충족시키기 위해 재물을 쌓는다면 너는 마음대로 날 수 있는 날개를 잃게 된다는 걸 잊지 말아라. 주는 사람 그리고 나누는 사람이 되라. 마수의 손길에 유혹 당하지 말아라.

기억의 상쾌함과 신체의 건강함은 너의 것이다. 재난과 고통을 두려워해서는 안 된다. 최고의 싸움꾼은 화를 내지 않는다. 최고의 정복자는 원한을 만들지 않는다.

전쟁은 가장 비천한 방법이며 죽음을 이끄는 방법이다. 네 자신 안에서 평화를 찾아라. 고독이 지배하는 장소로 가라. 그리고 큰 침묵의 교훈을 마셔라.

오늘의 세계는 지배하는 손이 아니라 사랑하는 손을 필요로 한다. 네 손을 항상 그 사랑을 필요로 하는 사람들 속에 있도록 하라.

사랑하는 사람의 눈물을 마셔보지 않고 진정 사랑했노라 말하지 말라.

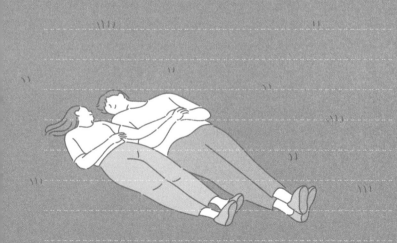

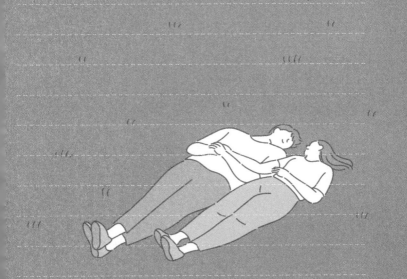

빛나는 순간을 담아 놓은 사랑의 선물

2020년 11월 10일 1판 1쇄 인쇄
2020년 11월 15일 1판 1쇄 발행

지은이 ｜ 곽광택
사　진 ｜ 김민호
발행인 ｜ 김정재

펴낸곳 ｜ 나래북, 예림북
등록 ｜ 제2016-000021호
주소 ｜ 경기도 고양시 지도로 92, 55. 다동 201호
전화 ｜ (031) 914-6147
팩스 ｜ (031) 914-6148
이메일 ｜ naraeyearim@naver.com

ISBN 978-89-94134-49-9　03810

*잘못 만들어진 책은 구입하신 서점에서 교환해 드립니다.

*무단전재와 무단복제를 금합니다.

*값은 뒤표지에 있습니다.